LES

BAS-FONDS

DE LA SOCIÉTÉ

Cet ouvrage

n'a été tiré qu'à deux cents exemplaires.

LES

BAS-FONDS

DE LA SOCIÉTÉ

PAR

HENRY MONNIER

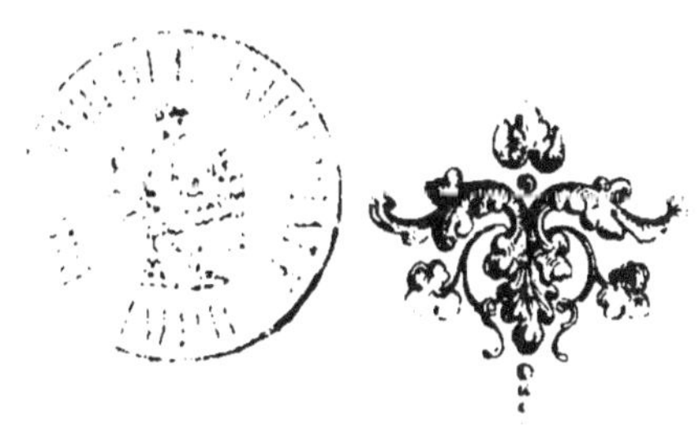

PARIS

JULES CLAYE, IMPRIMEUR

M DCCC LXII

AVERTISSEMENT

L'auteur de ce livre tient à expliquer ſa penſée : il ne veut pas qu'on ſe méprenne ſur ſon but. Ce livre n'eſt pas écrit pour tout le monde ; il eſt tiré à un infiniment petit nombre d'exemplaires ; il s'adreſſe plus ſpé-

cialement aux eſprits hardis & robuſtes que n'effraye pas la vue de la vérité tout entière, & qui, de l'examen, de l'analyſe de cette vérité, quelle qu'elle ſoit, ſont de force & de courage à tirer un remède.

Nous avons dramatiſé parfois ce que PARENT-DUCHATELET *a décrit. Notre livre eſt en quelque ſorte un livre de médecine ſociale : c'eſt le ſpeculum de l'obſervateur ſubſtitué au ſpeculum du médecin. La plaie eſt hideuſe ; il faut qu'un regard ferme ſe décide à la ſonder. Ce n'eſt pas ſans triſteſſe que nous nous ſommes décidé à faire de notre plume un ſcalpel, & qu'après avoir ri des petiteſſes de ce monde nous avons oſé deſcendre juſqu'à ſes vices & regarder en face les lèpres ſecrètes qui le rongent.*

Le philoſophe nous approuvera, l'hypocrite nous lira en cachette; mais le vicieux, nous l'eſpérons, frémira en ſe regardant dans le miroir que nous lui offrons.

HENRY MONNIER.

cialement aux esprits hardis & robustes que n'effraye pas la vue de la vérité tout entière, & qui, de l'examen, de l'analyse de cette vérité, quelle qu'elle soit, sont de force & de courage à tirer un remède.

Nous avons dramatisé parfois ce que PARENT-DUCHATELET *a décrit. Notre livre est en quelque sorte un livre de médecine sociale : c'est le speculum de l'observateur substitué au speculum du médecin. La plaie est hideuse ; il faut qu'un regard ferme se décide à la sonder. Ce n'est pas sans tristesse que nous nous sommes décidé à faire de notre plume un scalpel, & qu'après avoir ri des petitesses de ce monde nous avons osé descendre jusqu'à ses vices & regarder en face les lèpres secrètes qui le rongent.*

Le philosophe nous approuvera, l'hypocrite nous lira en cachette; mais le vicieux, nous l'espérons, frémira en se regardant dans le miroir que nous lui offrons.

HENRY MONNIER.

UN AGONISANT

UN AGONISANT

DANS LA CUISINE.

UNE GARDE-MALADE; UNE VOISINE,
frappant à la porte.

LA GARDE.

Entrez!

LA VOISINE.

Pardon ſi j'vous dérange.

LA GARDE.

Vous voulez rire.

LA VOISINE.

Vot' médecin n'eſt pas venu ?

LA GARDE.

Pas encore ſon heure ; au reſte, j'vous l'dirai dès qu'il arrivera. — Aſſeyez-vous donc.

LA VOISINE.

Merci, j'ſuis pas fatiguée : je n'fais qu'me l'ver.

LA GARDE.

Comment qu'vous allez ?

LA VOISINE.

Tantôt ben, tantôt pire ; toujours mon ſatané ventre qui fait des ſiennes. J'veux ben croire que c'eſt pas l'ver ſolitaire, vu que rien n's'eſt encore préſenté ; pourtant, ça y reſſemble : j'ai toujours faim, toujours faim, & rien ne m'profite. Pour ça que j'ſerais ben aiſe d'conſulter quéqu'un, pour ſavoir à quoi m'en tenir.

LA GARDE.

Ça, je l'crois.

LA VOISINE.

Et m'ſieu Vaſſal, comment qui va ? Y l'eſt pas mort ?

LA GARDE.

J'en ſais rien, j'y ai pas demandé : j'arrive. — J'vous off' pas d'entrer dans ſa chambre, c'eſt une infection.

LA VOISINE.

Eune aut' fois.

LA GARDE.

Tout c'que j'peux vous dire, c'eſt qu'hier, quand j'ai parti, y battait la campagne.

LA VOISINE.

Voyez-vous ça.

LA GARDE.

Mais y aurait pus perſonne, ça m'étonnerait pas. (*Prêtant l'oreille à la porte.*) J'entends rien... P'têt' qui s'aura aſſoupi.

LA VOISINE.

Pauv' cher homme !

LA GARDE.

Déjà pas ſi pauvre, à c'qu'on dit.

LA VOISINE.

Dans les temps, oui : on dit qu'il a été à ſon aiſe ; j'vous dirais pas, j'ai jamais compté avec.

LA GARDE.

Ça n'empêche qu'il en a pas pour long-temps à m'faire damner.

LA VOISINE.

Vous croyez ?

LA GARDE.

J'en ſuis ſûre, d'autant qu'y a pus d'huile dans la lampe, comme on dit... & mauvais qu'il eſt...

LA VOISINE.

M'ſieu Vaſſal !... Il l'était pas, il l'eſt donc devenu ?

LA GARDE.

Jamais d'ma vie ni d'mes jours j'ai vu de malade ſi mauvais... un âne rouge !

LA VOISINE.

Faut croire qu'c'eſt la maladie.

LA GARDE.

Au point qu'ſi j'étais certaine qu'y aye rien à m'revenir, j'te l'planterais là & toute la boutique, mais pus vite que ça, tant j'en ai trente-ſix pieds par-deſſus la tête.

LA VOISINE.

Pas l'embarras, vous vous foulez pas core

trop la rate après lui, vous y êtes pas souvent.

LA GARDE.

Trop souvent encore, pour l'argent qui m'donne.

LA VOISINE.

Si y peut pas davantage, c't'homme.

LA GARDE.

Si y peut pas, qui mett' l'amour-propre de côté, qui s'en aille à l'hospice, c'est pas défendu; j'y suis ben été, pourquoi qu'il irait pas? Ça y coûtera encore meilleur marché, & y dérangera pas le monde. — Mais il a donc pas d'parents, pas d'amis, c'vieux mérinos-là, qu'personne vient l'voir, qu'on l'laisse là, tout seul, dans son vieux coin, comme un vieux chien? Pas d'famille, pus rien?

LA VOISINE.

On n'y en connaît pas.

LA GARDE.

Y a qu'la dame du premier qui, des fois, y envoie.

LA VOISINE.

Mam' Dorais ?

LA GARDE.

Oui, hormis elle, pas n'un chat.

LA VOISINE.

On dit dans la maiſon... j'vous l'donne, au reſte, comme on me l'a donné...

LA GARDE.

Dites toujours.

LA VOISINE.

On dit qu'a li doit ben ça.

LA GARDE.

Quoi donc qui y eſt ? C'eſt pas ſon père.

LA VOISINE.

Au contraire, ça ſerait putôt ſon papa, à elle, qui dans les temps y aurait tout pris, au vieux Vaſſal... un brigand fini, ſon père, à la petite mam' Dorais,... m'ſieu Velu, qu'on l'appelait, qu'eſt mort d'une fauſſe indigeſſion... J'l'ai pas pleuré, ç'ui-là.

LA GARDE.

Vous avez ben fait.

LA VOISINE.

Y en a, voyez-vous, d'ces gens qui roulent carroſſe, qui feraient ben mieux n'aux galères qu'où y ſont, ſi l'bon Dieu était juſſe, à commencer par ſon gendre, ſon mari à mam' Dorais, not' propiétaire...

LA GARDE.

Fectivement, je m'ſuis laiſſé dire...

LA VOISINE.

Qui valait pas les quat' fers d'un chien ? C'eſt vrai ! Y z'ont fait tous les commerces, le beau-père & le gendre ; on leur z'y aurait demandé, pour de l'argent, ben entendu, leur femme, leur fille, il auraient tout cédé... Et ça proſpère, des filoux pareils ! ça vous éclabouſſe !

LA GARDE.

Ça a toujours été, ça fera encore, ça ſera toujours.

LA VOISINE.

Et ça nous r'augmente.

LA GARDE.

Et ça nous r'augment'ra encore, comptez-y.

LA VOISINE.

T'nez, j'm'en vas, pasc'que, voyez-vous, quand j'viens à entamer c'chapitre-là, j'voudrais t'être homme, pour manger l'nez à tout c'monde-là; j'aurais du plaisir à eur y crever les yeux, à les massacrer.

LA GARDE.

Et moi donc!

LA VOISINE.

A les voir souffrir à leur tour.

LA GARDE.

Mais c'est de ces choses que, comme femme, on peut pas s'permettre.

LA VOISINE.

On se l'est pourtant permis.

LA GARDE.

C'était l'bon temps.

LA VOISINE.

Mais à présent, voyez-vous, homme & femme, on est trop lâche.

LA GARDE.

Et tout ça... les prêtres!

LA VOISINE.

Les prêtres auſſi. — Dites-donc, j'm'en vas.

LA GARDE.

Déjà.

LA VOISINE.

Oui, j'viendrai putôt à c'ſoir, ſi j'ai le temps.

LA GARDE.

C'ſoir, y aura pus perſonne, j'l'eſpère.

LA VOISINE.

N'oubliez toujours pas d'me prévenir dès qu'vot' médecin viendra.

LA GARDE.

J'vous l'promets; du moment qui viendra, j'monte vous l'dire.

LA VOISINE.

Manquez pas.

LA GARDE.

Aie pas peur.

LA VOISINE.

Merci.

LA GARDE.

N'à revoir.

LA VOISINE.

Au plaisir.

LA GARDE, *seule.*

Faut pourtant que j'moccupe un peu d'mon déjeuner... Dieu ! qu'j'ai faim ! qu'j'ai donc faim ! J'ai jamais évu si faim ! (*On entend tousser.*) Bon ! ça sera pas encore pour aujord'hui.

LE MALADE, *appelant de la pièce voisine.*

Madame Bergeret !

LA GARDE.

Oui.

LE MALADE.

Madame Bergeret !

LA GARDE.

Tout à l'heure.

LE MALADE.

Êtes-vous là ?

LA GARDE.

Je m'tue d'vous l'dire.

LE MALADE.

Pouvez-vous venir ?

LA GARDE.

Oui !!! (*A part.*) Vieux pourri !

DANS LA CHAMBRE A COUCHER.

LE MALADE, *dans ſon lit ;*
LA GARDE.

LA GARDE, *de mauvaiſe humeur.*

Me voilà, après.

LE MALADE, *exténué.*

J'ai paſſé...

LA GARDE.

Quoi qu'vous voulez ?

LE MALADE.

J'ai paſſé une nuit affreuſe.

LA GARDE.

J'vous l'avais-t'y pas dit ?

LE MALADE.

Je n'ai jamais tant ſouffert.

LA GARDE.

Vous n'êtes pas au bout.

LE MALADE.

Ma... ma... ma po...

LA GARDE.

Vot' quoi ? — Vous mâchonnez dans vos dents... on vous entend pas. Vot' quoi qu'vous demandez ?

LE MALADE.

Ma potion.

LA GARDE.

Si.....

LE MALADE.

S'il vous plaît.

LA GARDE.

A la bonne heure ! — T'nez, la laiſſez pas tomber. Eh ben !...

LE MALADE.

Si ça pouvait un peu me calmer.

LA GARDE.

Où qu'vous allez poſer vot' taſſe, à préſent ? Donnez.

LE MALADE.

Voilà.

LA GARDE.

Vous m'direz merci eune aut' fois, pas vrai ?

LE MALADE.

Bien obligé.

LA GARDE.

C'eſt pas malheureux. — A propos, faut que j'vous diſe eune choſe.

LE MALADE.

Qu'eſt-ce ?

LA GARDE.

Vous ſavez qu'vous allez bentôt pus avoir de bois ?

LE MALADE.

Déjà ?

LA GARDE.

Comment déjà ? — J'vous trouve encore aſſez champêtre, dirait-on pas que j'vous l'mange, vot' bois ? — Du feu du matin au ſoir, & la nuit & toujours, toujours... ça l'uſe ! — Vous ferez, d'ailleurs, comme vous voudrez ; j'ai pas d'ordre à vous donner, mais j'vous préviens d'eune choſe : j'garde pas les malades ſans feu. Vous v'là prévenu, agiſſez en conſéquence, j'm'en lave les mains. — J'ai pas déjeuné, j'y vas ; ben l'bon jour.

LE MALADE.

Vous allez encore me laiſſer ſeul ?

LA GARDE.

J'm'en vas pas ; j'ſui à côté, dans la cuiſine. Pus ſouvent que j'mangerais ici... ça ſent bon !

LE MALADE, *appelant.*

Madame Bergeret !

LA GARDE.

Au plaiſir.

LE MALADE, *plus haut.*

Madame Bergeret !!!

DANS LA CUISINE.

LA GARDE, UNE BONNE.

LA GARDE.

J'ai pas pus d'appétit à préſent qu'ſus la main. — Voyons un peu à allumer mon fourneau. (*On frappe.*) Entrez. — Tiens, c'eſt vous... Si j'attendais quéqu'un...

LA BONNE.

C'était pas moi.

LA GARDE.

Ma foi non.

LA BONNE.

Madame m'envoie ſavoir comment qui va, vot' môſieu.

LA GARDE.

Mon Dieu, y va, l'pauv' cher homme, y va pas fort, ni pire ni mieux qu'hier, toujours approchant la même choſe ; à c'qui paraît qu'il a paſſé eune ben mauvaiſe nuit. V'là tout c'que vous pourrez y annoncer, à madame.

LA BONNE.

Vous diſiez hier qui paſſerait pas la journée.

LA GARDE.

J'l'eſpérais. — Quoi donc, mamſelle, que vous cachez là ſous vot' châle, ſans ête trop curieuſe ?

LA BONNE.

Sous mon châle ?

LA GARDE.

Oui.

LA BONNE.

Des confitures.

LA GARDE.

Des confitures ?

LA BONNE.

Oui.

LA GARDE.

J'm'en avais douté. Des confitures de quoi ?

LA BONNE.

D'abricots.

LA GARDE.

Y les aime aſſez les abricots, pauv' môſieu.

LA BONNE.

C'eſt ben c'qu'a penſé madame.

LA GARDE.

Mais c'eſt ſurtout des prunes qu'il a envie.

LA BONNE.

J'y dirai.

LA GARDE.

Des prunes de reine-Glaude.

LA BONNE.

J'y en monterai.

LA GARDE.

Si vous plaît, l'putôt s'ra l'meilleur.

LA BONNE.

Tantôt.

LA GARDE.

C'eſt comme de la volaille, vous en auriez que d'temps en temps, par çi, par là, eune aile, eune cuiſſe, un pilon, n'importe... ça y ferait plaiſir, vous ſavez. Pis, comme j'vous diſais, encore un peu de patience, ça ſera pas long, y a pus d'huile dans la lampe, il ira pas loin.

LA BONNE.

Faut toujours en paſſer par là.

LA GARDE.

Mon Dieu oui. J'vous l'ai jamais caché, ça ſerait mon père, voyez-vous, j'en aurais pas pus ſoin ; vot' dame le ſait ben... vot' dame le ſait ben. Elle auſſi alle y eſt ben attachée, n'eſt-ce pas ?

LA BONNE.

Il l'a vue toute petite.

LA GARDE.

Y a encore le vin de Bordeaux, qui y fait ben du bien à ſon eſtomac.

LA BONNE.

Il en a t'y plus ?

LA GARDE.

J'y ai donné hier, avant que d'm'en aller, tout ce qui y en reſtait. — Y vous a un courage... non, c'eſt rien que d'le dire, faut l'ſuivre, comme je le ſuis, depuis que je l'garde, c'eſt quet' choſe de,... comment que j'dirai ?...

LA BONNE.

J'vous dirai pas.

LA GARDE.

Quet' chofe de... fublime.

LA BONNE.

J'l'aurais jamais cru. Eh ben! définitivement, j'm'en vas voir en bas fi j'y fuis.

LA GARDE.

J'vous off' pas de l'voir.

LA BONNE.

Merci, j'fors d'en prendre.

LA GARDE.

J'vous l'confeille pas non pus. — Av'vous déjeuné?

LA BONNE.

Y a beau jour.

LA GARDE.

J'avais pas déjeuné, j'fors de l'voir...

LA BONNE.

Vous avez pus faim?

LA GARDE.

Vous l'avez dit.

LA BONNE

J'ſuis comme vous tant qu'aux odeurs.

LA GARDE.

Ça m'enlève l'appétit. — J'vas vous dire... c'eſt un homme, d'après c'que j'vois, qu'a jamais été ben ſain.

LA BONNE.

Ça m'étonnerait pas.

LA GARDE.

Si vous voyez ſon corps !

LA BONNE.

J'y tiens pas. — A propos, que j'vous diſe... j'vas probablement pas reſter dans mon ſervice.

LA GARDE.

Tiens, tiens, tiens !

LA BONNE.

On m'off' aut' choſe.

LA GARDE.

Sans compter qu'vous avez raiſon, ſi ça vaut mieux.

LA BONNE.

J'crois ben ; d'abord moins à faire, pis plus d'gages & plus d'profits.

LA GARDE.

J'prendrais ça les yeux fermés.

LA BONNE.

C'eſt ben auſſi c'que j'fais.

LE MALADE, *appelant*.

Madame Bergeret !

LA GARDE.

Oui ! — L'entendez-vous ?

LA BONNE.

A moins d'êt' ſourde.

LA GARDE.

Comme ça toute la journée.

LA BONNE.

Ben du plaiſir !

LA GARDE.

Et pour c'qui m'donne !

LA BONNE.

Faut l'planter là.

LA GARDE.

Ma foi !... c'eſt pas qu'on me l'ait déjà dit... Après ça, ſi y n'a rien.

LA BONNE.

Laiſſez donc... un vieux trucheux !

LA GARDE.

Oui-da !

LA BONNE.

Toute ſa vie, y n'a fait qu'ça, trucher d'tous les côtés ! Jamais, d'puis des éternités qu'y vient manger à la maiſon, y n'a donné un ſou d'étrennes aux bonnes. Je n'prétends pas qui ſoiye riche, ça n'empêche que madame, qu'attache pas ſes chiens avec des ſaucisses... pus ſouvent qu'alle en prendrait l'ſoin qu'alle en prend, ſi a l'y r'trouvait pas ſon compte.

LA GARDE.

Ça m'explique, quand a vient, pourquoi qu'a r'garde toujours de tous les côtés.

LA BONNE.

Y a ſon intérêt... ſans ça. — Décidément j'm'en vas.

LA GARDE.

N'oubliez pas la volaille.

LA BONNE.

Si j'y penſe.

LE MALADE.

Madame Bergeret !

LA GARDE.

Oui !

LA BONNE.

Vous y ferez ben mes compliments.

LA GARDE.

J'y manquerai pas. (*A part.*) Quoi encore qui veut ?

DANS LA CHAMBRE A COUCHER.

LA GARDE, LE MALADE.

LA GARDE.

Quoi encore qui vous faut?

LE MALADE.

Le médecin n'eſt pas venu?

LA GARDE.

Il eſt venu hier... Quoi qu'vous voulez? qui ſoiye ici toute la journée? Il a ben d'aut's chiens à fouetter, c't'homme! Il a pas qu'vous, Dieu merci!

LE MALADE.

Que vous a-t-il dit, hier, en s'en allant?

LA GARDE.

Y m'a rien dit; quoi qu'vous voulez qui m'diſe?

LE MALADE.

Je m'en doute.

LA GARDE.

Si vous vous en doutez, inutile que j'vous le r'dise.

LE MALADE.

Il m'a semblé qu'il vous disait quelque chose.

LA GARDE.

Possible, j'm'en souviens pus.

LE MALADE.

Je voudrais ma potion.

LA GARDE.

Encore. — Tenez.

LE MALADE.

Bien obligé.

LA GARDE.

Où allez-vous mett' vot' tasse à présent ? Donnez... — Dites donc ?

LE MALADE.

Plaît-il ?

LA GARDE.

J'ai toujours pensé à vous demander quet' chose.

LE MALADE.

Laquelle ?

LA GARDE.

Ben peu d'chofe pour vous.

LE MALADE.

Mais encore.

LA GARDE.

Vous regorgez d'foufflets ici.

LE MALADE.

Comment ?

LA GARDE.

Vous en avez dans toutes les pièces : deux dans la cuifine, deux ici... Eft-ce que j'pourrais-t'y pas ben emporter celui d'vot' aut' chambre ?

LE MALADE.

Non, du tout, j'ai befoin d'mes foufflets.

LA GARDE.

Pourquoi faire, pour fouffler dans vot' lit ? A préfent qu'vous êtes adminiftré. — Allez, j'favais ben qu'vous m'laiffereriez point grand'chofe en vous en allant...

LE MALADE.

Madame Bergeret !

LA GARDE.

Vous avez toujours été méchant, toujours vous l'ſerez.

LE MALADE.

Je vous en prie.

LA GARDE.

Et au moment d'paraître devant l'bon Dieu, encore ! — Avec ça qu'vous m'avez toujours payée gros.

LE MALADE.

Je vous... ai... payée... ſelon mes... moyens.

LA GARDE.

Si c'eſt pas honteux !

LE MALADE.

Vous... ne... paſſez... pas...

LA GARDE.

Dites pus rien, j'vous entends pus.

LE MALADE.

Paſſez... pas la... nuit ?

LA GARDE.

Manquerait pus qu'ça ! — Et dire que j'ai pas encore déjeuné !

LE MALADE.

Vous... allez... encore... me laiſſer... ſeul?...

LA GARDE.

C'eſt ça, plaignez-vous encore, j'vous l'conſeille.

LE MALADE.

Ma... dame... Bergeret !

LA GARDE.

Eh ben ?...

LE MALADE.

Ma...

LA GARDE.

Voyons... voyons... môſieu.

LE MALADE.

Ah !... ah !...

LA GARDE.

Pus perſonne !

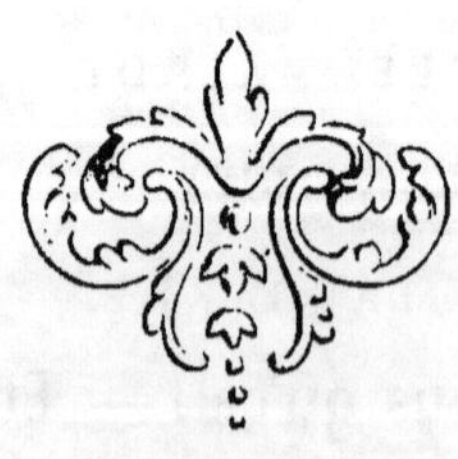

LA
CONSULTATION

LA

CONSULTATION

UN VILLAGE (1)

LE PÈRE PIGOCHET, LE DOCTEUR.

Le Docteur ſort de la maiſon de Pigochet ; la bride de ſon cheval eſt paſſée à ſon bras. Pigochet, monté ſur un mur, épie la ſortie du Docteur.

LE PÈRE PIGOCHET.

M'ſieu Rouſſel !

(1) L'auteur, par un ſcrupule qu'on appréciera, n'a pas déſigné le lieu où s'eſt paſſé l'épiſode qu'il raconte ici ; mais nous avons certaines raiſons de penſer que cette étude ſur nature a été faite dans une petite localité du pays de Caux.

(*Note de l'éditeur.*)

LE DOCTEUR.

Qui m'appelle ?

LE PÈRE PIGOCHET.

Par ici.

LE DOCTEUR.

Tiens, c'eſt vous, père Pigochet?

PIGOCHET.

Hé oui, c'équions moi.

LE DOCTEUR.

Que diable faites-vous là ?

PIGOCHET.

J'aurions deux mots n'à vous dire, m'ſieu Rouſſel.

LE DOCTEUR.

Deſcendez, je ne peux pas faire monter mon bidet ſur votre mur... Allons, dépêchez-vous, je ſuis en retard.

PIGOCHET.

J'en ons point pour bé longtemps.

LE DOCTEUR.

Quand vous voudrez.

PIGOCHET.

Voilà ! Il eſt bon d'vous dire, m'ſieu Rouſſel, que j'équions ilà que j'vous attendions, dès qu'vous ſortireriez d'cheux nous.

LE DOCTEUR.

Pourquoi n'y étiez-vous point chez vous ?

PIGOCHET.

J'ons mes raiſons. J'vous ons bé vu n'entrais, pis ſorti ; pis j'vous guettions dès qu'vous vous en iriez.

LE DOCTEUR.

Eh bien ?

PIGOCHET.

J'tenions à vous voir, mais tout ſeul... vous tout ſeul, ſans parſonne aut', vous entendais ?

LE DOCTEUR.

Parbleu! je ne ſuis pas ſourd, Dieu merci.

PIGOCHET.

A ſeule fin d'ſavoir ed'vous comment qu'va ma pauv' femme.

LE DOCTEUR.

Je vous l'ai dit.

PIGOCHET.

Hé bé, oui, me l'avais dit... mais, m'eſt avis qu'vous m'l'avais point dit bé franchement.

LE DOCTEUR.

Comment voulez-vous que je vous le diſe? quel intérêt aurais-je à vous cacher la vérité?

PIGOCHET.

Vous ſavais, des fois, les ſirugiens, y voulont point dire la véritais à ſeule fin de n'point fair' ed'la paine au monde.

LE DOCTEUR.

Avec vous, je n'avais pas cette crainte là, je ſais comment vous prenez les choſes.

PIGOCHET.

Dame! bé ſûr. J'en ſommes point à la preumière... c'eſt quat' fâmes, déjà, qu'j'ons pardues; mais ç'telle-ilà, a m' font ſouffri pus que l'z'aut'es, oh! mais oui, bé ſûr!

LE DOCTEUR.

Faut vous armer de patience.

PIGOCHET.

Je n'faiſons quaſiment qu'ça. Eh ben,

m'ſieu Rouſſel, aujord'hui, comment qu'a va ?

LE DOCTEUR.

Pas plus mal qu'hier.

PIGOCHET.

Point mieux non pus, pas vrai ?

LE DOCTEUR.

Ah çà ! on m'attend, bonjour.

PIGOCHET.

Accoutais...

LE DOCTEUR.

Je n'écoute plus rien, au revoir.

PIGOCHET.

Mais j'm'en allons à quand vous, d'autant qu'vous n'allais montais vot' bidais qu'après la cavée ; j'ons beſoin de d'viſais core ein brin aveucq vous, auſſi vrai comme vous étiais ein honnête homme.

LE DOCTEUR.

Songez qu'il faut que je ſois à Bétancourt à deux heures.

PIGOCHET.

C'équiont point bé loin Bétancourt.....

j'y ons étais aſſais d'fois, marchais. C'eſt à Bétancourt equ' jons été mis n'en culotte.

LE DOCTEUR.

Eh ben, où voulez-vous en venir ?

PIGOCHET.

Vous voyais d'vant vos yeux, m'ſieu Rouſſel, ein pauv' homme qu'a tout d'même bé du chagrin.

LE DOCTEUR.

Du chagrin, vous ? Allons donc, farceur, à d'autres !

PIGOCHET.

Oui, oui, qu'j'en ons, & ein rude ; ſongeais, prochant trois mois qu'la pauv' fâme all' équiont ſus l'dos.

LE DOCTEUR.

Ce n'eſt certes pas pour ſon plaiſir.

PIGOCHET.

Pou' l'mien non pus, marchais. — Mais comben que c'te chienn' ed'maladie-là, il alliont m'coutais ! L'z'yeux d'la taîte... oh ! mais oui !

LE DOCTEUR.

Eſt-ce que vous devriez regarder à ça ?

PIGOCHET.

Pourquoi qu'j'y regarderions point? Faut ben qu'j'y regardions : j'ſommes déjà point tant riche, marchais.

LE DOCTEUR.

Laiſſez donc!

PIGOCHET.

Pis qu'on vous l'dit, j'ons point d'intérêt n'a menti.

LE DOCTEUR.

Vous avez de vieux écus qui ont de la barbe.

PIGOCHET.

J'en avions, mais y a beau temps qu'y z'ont n'été raſés; ah! mais oui! Où çà qui ſont m'z'écus? dites el'moé, vous m'rendrais ſarvice. Oh! mais oui, où qui ſont, m'ſieu Rouſſel, où qui ſont?...

LE DOCTEUR.

Vous le ſavez mieux que moi.

PIGOCHET.

Sans counaît' vout' fortune, j'ſancherons quand vous voudrez... ça, oui, quand vous voudrez.

LE DOCTEUR.

Me les donnez-vous ſi je les trouve?

PIGOCHET.

Accoutais...

LE DOCTEUR.

Vous ſeriez ben embaraſſé ſi j'vous prenais au mot.

PIGOCHET.

Ma fine non. Mais t'nais, je n'dirais core trop rien, ſi ce n'équiont ces potions qu'a prend la pauv' fâme... C'équiont ces gueuſes ed'potions.

LE DOCTEUR.

Je viens préciſément de lui ordonner d'en prendre plus que jamais.

PIGOCHET.

C'équiont'y Dieu poſſible?

LE DOCTEUR.

Quand je vous le dis, vous devez m'en croire.

PIGOCHET.

Ah çà! mais vous voulais donc me ruinais, y a pas d'bon Dieu! Vous n'ſavais donc point c'que ça coutiont, des drogues pareilles ?

LE DOCTEUR.

Pas grand'chofe.

PIGOCHET.

Comment ! point grand'chofe ?... n'difais donc point ça, vous rifquais d' êt' démenti... Point grand'chofe !...

LE DOCTEUR.

Non.

PIGOCHET.

Cinquante-cinq fous, qui me l'ont fé payer, eune méchante bouteille ed'deux fous... Comptais : la pauv' malheureufe, all' aviont évu eune douzaine ed'quintes, la nuit paffée, eune douzaine... pour le moins, qu'a touffiont à vous faire frémi ! J'y avons baillé eune huitaine ed'fois fa potion... Comptais, à vuit fous la quinte, c'que ça faifiont.

LE DOCTEUR.

Il n'eft pas queftion de ça.

PIGOCHET.

Mais fi fait, qu'il en équiont queftion !...

Trois livres quat' ſous, ſans boaire ni mageais.

LE DOCTEUR.

Quand il le faut.

PIGOCHET.

Eh ben... eh ben... eh ben, non !

LE DOCTEUR.

Quand c'eſt néceſſaire, indiſpenſable.

PIGOCHET.

Mais du moment qu'all' aviont pus à n'en reveni, m'eſt avis qu'c'équiont bé d'l'argent plaçais n'à fonds pardu. A c'jeu ilà j'pardons mon bien & ma fâme avec, oh! mais oui ! Au fait, accoutais... vous d'vais l'ſavoir mieux qu'parſonne, ſi all' aviont n'à s'en point rel'vais, à quoi qu'ça pouviont ſarvir ed'jetter nout' argent dans l'iau... j'vous l'demandons, à quoi, dites, à quoi ?

LE DOCTEUR.

Je vous répéterai cent fois la même choſe : en ſuivant les remèdes que je lui preſcris, elle en reviendra.

PIGOCHET.

Eh bé, non, vous me l'avais point dit.

LE DOCTEUR.

Ah çà, mais... père Pigochet, vous perdez la mémoire ; car, autrement...

PIGOCHET.

Mon Dieu ! vous fâchais point, vous êtes ein brave homme, je l'ſavons que d'reſſe... ein brave homme... qui vouliont point m'cauſais ni chagrin ni paine... c'qui n'empêche equ' dans l'fin fond d'vout' conſcience vous ſavais ben qu'en penſais, pas vrai ? Alle équiont ſinon fichue... approchant tout comme... dites ?

LE DOCTEUR.

Vous dites des ſottiſes.

PIGOCHET.

Oh ! mais non.

LE DOCTEUR.

Vous ai-je jamais affirmé que ſon état fût déſeſpéré.

PIGOCHET.

Vous m'l'avais point affirmais, j'ſavons pas moins à quoi nous en t'ni.

LE DOCTEUR.

Vous voyez donc bien...

PIGOCHET.

'Stapendant, m'ſieu Rouſſel, vous n'venais point pour erien.

LE DOCTEUR.

Prenez-en un autre, je n'y tiens pas, je vous dirai plus, vous m'obligerez.

PIGOCHET.

Voyons, vous fâchais point.

LE DOCTEUR.

Le moyen, avec vous, de ne pas ſe fâcher? Un ange... oui, un ange vous enverrait promener. Vous me faites perdre plus de temps...

PIGOCHET.

M'ſieu Rouſſel...

LE DOCTEUR.

Au ſurplus, c'eſt pain bénit, je n'ai que ce que je mérite; où diable vais-je écouter vos ſornettes!

PIGOCHET.

M'ſieu Rouſſel!

LE DOCTEUR.

Allez vous promener!

PIGOCHET.

Accoutais...

LE DOCTEUR.

Je n'écoute plus rien, bonſoir.

PIGOCHET.

J'n'ons qu'deux mots n'à vous dire.

LE DOCTEUR.

Voyons vos deux mots, mais pas plus; ça, je vous le promets.

PIGOCHET.

J'ons jamais, ni d'ma vie ni d'mes jours, déſirais la mort ed'parſonne.

LE DOCTEUR.

Je veux bien le croire; mais, dans la ſituation d'eſprit où vous êtes, la pauvre femme s'en irait que vous n'en ſeriez pas fâché?

PIGOCHET.

Ça, non!

LE DOCTEUR.

Allons donc!

PIGOCHET.

Comme y n'aviont qu'ein ſeul Dieu ſus tarre, j'dirions qu'ſa ſainte volonté ſoit faite, vu qu'a souffriont trop ; ça, je l'jurons sus c'que j'avons d'pus sacré ! J'l'aimions durant qu'a valiont queut' chose ; mais à présent, voyais-vous,... sus c'que j'ons d'pus sacré...

LE DOCTEUR.

Pas de serment, c'est parfaitement inutile, je vous crois.

PIGOCHET.

Quand parfois, la nuit, qu'tout l'monde l'entendont qui toussiont, c'équiont, sans comparaison, comme ein soufflet d'forge, sa pauv' poitrine, comme si qui li déchiriont l'z'entrailles ; j'pleurons n'alors, quasiment comme ein eifant.

LE DOCTEUR.

Ça, je le crois.

PIGOCHET.

Pauv' chère fâme ! D'pis dix-sept ans & tois mois que j'sons mariais..... c'équiont point n'ein jour, dix-sept ans... oh ! mais non ! Défunt vout' papa, il aviont siné au contrat. J'sommes ben n'a même ed'appréciais, la malheureuse ; ça, oui ! (*Passant le dos de sa main sur ses yeux.*) Non, bé sûr, ni vous, ni moi, ni parsonne, pouvons l'ſavoir, combé que j'l'aimons, oh! mais oui!

LE DOCTEUR.

Laiſſez-moi donc tranquille; il y a deux mois, vous vouliez la jeter dans votre puits!

PIGOCHET.

Ça, accoutais, m'ſieu Rouſſel, accoutais...

LE DOCTEUR.

Qu'avez-vous à répondre à cela?

PIGOCHET.

Accoutais...

LE DOCTEUR.

Et ſans un voiſin, qui heureuſement pour elle & pour vous s'eſt trouvé là, la pauvre femme faiſait le plongeon.

PIGOCHET.

C'eſt-y Dieu poſſible! qu'y vous aviont conté ça?

LE DOCTEUR.

Tout comme j'ai l'honneur de vous le dire.

PIGOCHET.

Fallait donc que j'ſeyons n'en ribote, que je n'm'en ſouvenions point n'eune miette.

LE DOCTEUR.

Le lendemain de la Purification.

PIGOCHET.

Accoutais, j'l'ons dit... oui, ça, j'l'ons dit; mais j'l'aurions point fé. J'venions d'mett' en tarre la fâme à Martin Pichard, & j'ons dit par magnière d'acquit : ça seriont la mienne que j'la jetterions putôt dans n'ein puits que de m'voir pleurnichais comme c'est qu'tu pleurniches. V'là tout c'que j'ons dit, ni pus ni moins; mais je l'aurerions point fé, oh! mais non! y a pas d'danger... Et la justice donc!

LE DOCTEUR.

Et ce certain soufflet que je vous ai vu lui administrer, le jour des Rameaux, en plein cimetière, au sortir de la grand'-messe?

PIGOCHET.

N'm'en parlais point, j'en ons évu assez d'chagrin, & si j'avions aussi ben pu le r'prendre... oh! mais oui! C'équiont point généreux d'vout' part de m'rappeler ça... non, m'sieu Roussel, bé sûr; c'équiont, au contraire, bé vilain!

LE DOCTEUR.

Allez, allez, mon brave homme, vous n'êtes pas ſans avoir quelques petites peccadilles ſur la conſcience.

PIGOCHET.

Quoi qu'vous voulais, l'homme équiont point parfait, comme diſiont les curais.

LE DOCTEUR.

Sans pour ça être parfait, on pourrait, ce me ſemble, ne pas ſe permettre... des ſorties comme celles que parfois vous vous permettez.

PIGOCHET.

J'ons toujou été vif, toujou, toujou !... Et dir' equ'j'avions la pus belle fâm ed'tout l'pays... oh! mais oui! Car comben qu'alle équiont belle! vous vous en ſouvenais, pas vrai, m'ſieu Rouſſel, quelle fâme equ'c'équiont?

LE DOCTEUR.

Ma foi! s'il m'en ſouvient, il ne m'en ſouvient guère.

PIGOCHET.

Vous aureriais fendu ſa piau ſous l'ongle, tant qu'alle équiont graſſe. Et dire qu'a c't'heure alle équiont auſſi ſèche, tout comme ein vieux ſaule, quaſiment tout tortu !

LE DOCTEUR.

Eh bien, bonjour, au plaiſir.

PIGOCHET.

Vous êtes ben preſſé.

LE DOCTEUR.

Je vous ai prévenu.

PIGOCHET.

Accoutais core ein brin.

LE DOCTEUR.

Non, vous dis-je.

PIGOCHET.

M'ſieu Rouſſel, ſi vous ſaviais tout l'chagrin qu'j'ons !

LE DOCTEUR.

Bon ! ma pipe éteinte à préſent ! Vous n'auriez pas un briquet ſur vous ?

PIGOCHET.

J'en avons point, mais cheux l'maréchal j'allons n'en trouvais, du feu. Oh oui, bé ſûr, e'qu'j'allons tumber malade, pour peu qu'a dure core, ma pauv' fâme !

LE DOCTEUR.

Je l'avais en ſortant de chez vous, mon diable de briquet; qu'en ai-je fait?

PIGOCHET.

J'en ſavons ren... paceque, voyais-vous, j'ſons trop malheureux. M'ſieu Rouſſel?

LE DOCTEUR.

Eh bien?

PIGOCHET.

Vous allais p'têt' craire que j'mageons?

LE DOCTEUR.

Je ne crois rien.

PIGOCHET.

J'mageons point.

LE DOCTEUR.

Vous buvez?

PIGOCHET.

J'buvons... oui, j'buvons; à ſeule fin d'm'étourdi.

LE DOCTEUR.

Et vous vous étourdiſſez?

PIGOCHET.

Dame! j'pouvons-t'y toujou pleurais?...

Mais j'ons bé du mal, j'ſommes itou bé malade! quaſiment auſſi malade tout comme alle.

LE DOCTEUR.

Je vous trouve pourtant la mine aſſez bonne.

PIGOCHET.

L'ſoir, j'me promenons tout ſeul l'long des aulnais, pis j'pleurons, voyais-vous,... j'pleurons, j'pleurons!..... v'là mon ſeul plaiſi ſus tarre.

LE DOCTEUR.

Chacun le prend où il le trouve.

PIGOCHET.

Et dire eq'ſi vous vouliais tant ſeulement m'écoutais...

LE DOCTEUR.

Voilà une heure que je ne fais que ça.

PIGOCHET.

Si vous vouliais qu'a preniont tant ſeulement eine taſſe...

LE DOCTEUR.

De quoi? Encore quelque remède de bonne femme, pas vrai?

PIGOCHET.

Ren d'pus bon, m'ſieu Rouſſel, ren d'pus bon ni d'meilleur.

LE DOCTEUR.

Que n'en faites-vous uſage ?

PIGOCHET.

J'voudrions point, ſans vous avoir par avance conſultais.

LE DOCTEUR.

A quoi bon ?

PIGOCHET.

Accoutais.

LE DOCTEUR.

Allez vous promener !

PIGOCHET.

M'ſieu Rouſſel !...

LE DOCTEUR.

Encore !

PIGOCHET.

J'pouvions point li donnais ſans qu'vous mettiais vout' ſeing ſus ein papier.

LE DOCTEUR.

Parce que ?

PIGOCHET.

Paceque l'z'apothicaires y vouliont ren donnais qu'les officiais d'ſantais y ſiniont l'ordonnance.

LE DOCTEUR.

Bien, bien. Et comment adminiſtre-t-on ce remède?

PIGOCHET.

Ça coûtiont eine pièce ed'douze francs.

LE DOCTEUR.

Comment l'adminiſtre-t-on, vous dis-je?

PIGOCHET.

C'équiont l'ſoir qu'on leux z'y donniont.

LE DOCTEUR.

Et puis?

PIGOCHET.

Pis le lendemain...

LE DOCTEUR.

Oui, le lendemain?

PIGOCHET.

Pus parſonne.

LE DOCTEUR.

Vous ne l'avez point ſur vous, cette ordonnance?

PIGOCHET.

J'l'ons jamais évue.

LE DOCTEUR.

Ah! oui-da.

PIGOCHET.

Mais j'irons cheux vous, à c'te r'montée; j'l'a ſavons par cœur, j'vous la dirons, vous l'écrirais, & vous y mettrais vout' ſeing... Eh ben! quoi?

LE DOCTEUR.

Père Pigochet!

PIGOCHET.

Quoi qu'vous y voulais, à père Pigochet?

LE DOCTEUR.

Vous êtes...

PIGOCHET.

Quoi que j'ſommes?

LE DOCTEUR.

Vous êtes un gueux!

PIGOCHET.

Ah! mais, ah! mais...

LE DOCTEUR.

Un infâme!

PIGOCHET.

Et vous, quoi donc qu'vous êtes? C'eſt donc bé gentil ed'faire durais ma fâme ed'pis bétôt ſix mois qu'a ſouffre comme ein enfer?

LE DOCTEUR.

Il faut me la donner, cette recette.

PIGOCHET.

Pou m'faire avoir ed'la paine? Pou m'dénonçais? Oh! mais non, vous l'aurais point; d'abord je l'ons point.

LE DOCTEUR.

Je trouverai bien le moyen de me la procurer.

PIGOCHET.

Moi, j'vous diſons qu'non! J'l'ons point, ni j'l'ons jamais évue! Vous ſarcheriais cheux nous aveucq el'juge ed' paix & tout, qu'vous la trouveriais point, oh! mais non! Dame, c'eſt qu'jons ni peur ed'vous ni d'la juſtice, ni d'parſonne, marchais! Où qu'a ſont vos preuves? où qui ſont vos témoins? méchant ſérugien d'malheur!

LE DOCTEUR.

Vous ne ſerez pas toujours auſſi inſolent.

PIGOCHET.

Où qui sont vos témoins?

LE DOCTEUR.

Nous verrons!

PIGOCHET.

C'équiont tout vu, marchais!

LE DOCTEUR.

Je n'ai plus rien à vous dire.

PIGOCHET.

Eh ben, ta mieux! J'ons quatre-vingt-douze arpents d'bonne tarre, tout d'une filée, qui n'devont ren n'a parsonne; j'en ons core d'aut's a mager, sans comptais les bois, les prés, & les deux moulins! Et si vous r'mettais jamais les pieds cheux nous, vous voirais!

LE DOCTEUR.

Ce n'est pas mon intention.

PIGOCHET.

Vous sortiriais point par la porte, oh! mais non. Mais, voyez-vous, j'allons m'enfermais dans mon guernié avec une piace ed'vin & du fricot, & j'n'en sortons qu'quand la pauv' fâme a s'en ira les deux jambes en d'vant, & vous n'aurais point n'ein ſou, tendez-vous, m'ſieụ Rouſſel?... point n'ein ſou.

LE DOCTEUR.

Canaille !

PIGOCHET.

Les canailles, y ſont les officiais d'ſantais qui feſont durais les pauv's malades des éternitais, & les feſont ſouffri. Les v'là, les canailles, oh ! mais oui !

LE DOCTEUR.

Miſérable !

PIGOCHET.

Diſais-moi-z'en des ſottises, j'vous en répondrons.

LE DOCTEUR.

Père Pigochet !

PIGOCHET.

Eh bé ! quoi qui y arrivera à père Pigochet? Y l'aviont point peur ed'vous, Dieu merci ! Queu mal qu'vous pouvais-t'y l'y faire? Vous pouvais-t'y m'mett' à la porte ed'cheux nous? Je ne l'crais point.

LE DOCTEUR.

Vous êtes un misérable!

PIGOCHET.

Et vous, un meuchant assassineux d'monde.

LE DOCTEUR.

Vous êtes bien connu, vos sottises ne peuvent m'atteindre.

PIGOCHET.

J'te craignons point, j'sons riche & tu l'équions point, & je m'fichons d'toi, & du maire, & du curais, voire même du conseil, & d'tout.

LE DOCTEUR.

Je le sais.

PIGOCHET.

J'craignons ren : tu n'as point d'témoins, on te croira point! Tu pouvions ren dire, oh! mais non, vieux capon, oh! mais non!

LE DOCTEUR.

Monsieur Pigochet!

PIGOCHET.

Vas-z'y conter tout ça, à ta fâme, pour

qu'alle aille l'répétais partout, ta fâme ! Équions-vous tant ſeulement mariais ? J'en crais rien.

LE DOCTEUR, *levant ſa cravache.*

Je ne ſais qui me retient...

PIGOCHET.

T'es bé trop lâche pour levais la main ſus moi : tu ſais c'que ça coûterait, oh mais! oh mais ! — V'là qu'vous filais ? — Bé l'bonſoir ; j'prierons l'bon Dieu de n'pus te r'voir.

L'EXÉCUTION

(1829)

L'EXÉCUTION

(1829)

DANS UNE RUE.

LOLO, TITI.

LOLO, *s'approchant d'une fenêtre au rez-de chaussée & craignant d'être aperçu de l'atelier.*

Hé! Titi!

TITI.

De quoi?

LOLO.

Es-tu là?

TITI.

Oui. Quoi qu'tu veux?

LOLO.

Viens-tu voir guillotiner?

TITI.

C'te bêtise! J'crois ben!

LOLO.

Quoi qu't'attends?

TITI.

Perſonne. J'attends que l'maît' compagnon ait l'dos tourné pour filer; dès qu'il va l'avoir, j'file hardi! compte ſus moi.

LOLO.

En as-tu pour longtemps?

TITI.

Me v'là, j'te dis; ça va pas encore commencer.

LOLO.

Oui, mais pour être ben placé en Grève, faut y êt' au coup d'deux heures : c'eſt à quat' qui ſortent du Palais.

TITI.

Où eſt-ce qu'eſt ma veſte?... y m'faut ma veſte; qui qui m'a effarouché ma veſte?

LOLO.

Viens ſans; vas-tu pas faire toilette?

TITI.

Au fait. Où ça qu'nous allons après?

LOLO.

J'en ſais rien, mais n'nous quittons pas. — Tu veux rentrer?

TITI.

Oui, que j'prétends rentrer.

LOLO.

Laiſſe donc, clampin! Demain, eſt-ce qui fera pas clair? Quoi qu'tu vas fiche d'ici qu'à demain, à l'atelier? — V'là deux jours que j'ſuis en patrouille; j'continue. — Voyons, décide-toi, tu n'as que l'temps, hardi! J'file mon nœud, hardi, hardi! Allume, allume! caponne pas!

TITI, *danſant dans la rue.*

Me v'là!

LOLO.

Allonge, allonge! Filons, qu'on nous voye pas.

UN VIEUX MONSIEUR.

Prenez donc garde, vous avez failli me renverſer.

LOLO.

Qu'eſt-ce que c'eſt? — Vous pouvez donc pus vous tenir ſus vos jambes? Étant jeune, nous avons donc fait des bêtiſes?

LE VIEUX MONSIEUR.

Poliſſon!

TITI.

Laiſſe-le donc... un vieux!

LOLO.

C'eſt-y ma faute ſi peut pus ſe bouger? Qui prenne des voitures, y l'en manque pas. Pourquoi qu'il encombre l'paſſage?

LE VIEUX MONSIEUR.

Groſſier! Mal appris!

LOLO.

Des navets!... quoi qu'vous avez encore à réclamer? Si j'vous ai manqué, j'm'incline; j'l'ai pas fait exprès, n'en parlons plus, donnez-moi vot' bénédiction!

TITI.

Tu vas pas t'taire?

LOLO.

Laiſſe-le dire, ſon courroux m'amuſe.

LE VIEUX MONSIEUR.

Scélérat!

LOLO.

Mes amitiés chez vous, mes reſpects à madame... Gare la graiſſe! hé! ma grand'-mère.

TITI.

Pourquoi qu'tu bouſcules tout le monde?

LOLO.

C'eſt pas ma faute; pourquoi qui s'rangent pas? — Allume, allume! hardi, hardi! — Hé! Titi!

TITI.

Et des femmes, y en a-t-y!

LOLO.

C'eſt elles que ça amuſe le plus. A diſent que c'eſt ſeulement pour les voir paſſer. J't'en fiche, les voir paſſer!

TITI.

Dis donc !

LOLO.

De quoi ?

TITI.

Comben qui ſont d'guillotinés ?

LOLO.

Trois, avec la mère.

TITI.

Pus ſouvent que j'reſterai juſqu'à la fin.

LOLO.

Pourquoi pas ?

TITI.

Ma foi, non.

LOLO.

C'eſt rien, ça ! — Mon grand-père... tu l'as ben connu, mon grand-père ?

TITI.

Qu'eſt mort à Bicêtre ?

LOLO.

Oui. Eh ben, ſon père, à mon grand-père, il en a vu juſqu'à des ſoixante par jour, qu'on guillotinait dans la première révolution, que les ruiſſeaux en étaient tout rouges, & des riches encore ! — Nom d'un nom ! dis-donc, en v'là-t-y du peuple !

TITI.

Ça oui, qui y en a !

LOLO.

Regarde donc un peu ſur les toits, y z'en ſont noirs ! — Tiens, la vois-tu, là-bas, la guillotine ?

TITI.

Non.

LOLO.

Au fond.

TITI.

J'vois rien.

LOLO.

Monte un peu ſus mes épaules. — Vois-tu ? peinte en rouge.

TITI.

C'eſt ça ?

LOLO.

Un peu, mon neveu. — Deſcends, t'es trop lourd.

TITI.

Quoi qu'nous allons devenir ?

LOLO.

T'inquiète pas, avance toujours. — Dites-donc, monſieur... dites-donc, chapeau gris ?

LE CHAPEAU GRIS.

Après ?

LOLO.

Laiſſez-moi paſſer, ſans vous commander.

LE CHAPEAU GRIS.

Y a pas de place.

LOLO.

Si, y en a... Laiſſez-moi paſſer, j'en trouverai ; laiſſez-moi paſſer, dites ?... j'ſuis pas gros.

LE CHAPEAU GRIS.

Allons, voyons, paſſe, et dépêche-toi !

LOLO.

Laiſſez paſſer auſſi mon camarade.

LE CHAPEAU GRIS.

Pourquoi pas tout le monde, à préſent ?

LOLO.

La première fois qui voit ça.

LE CHAPEAU GRIS.

Va te promener !

UN PARTICULIER.

C'eſt pas ici ta place, pareſſeux !

LOLO.

De quoi? de quoi ? C'eſt donc la vôt', à vous? Vous êtes-donc d'la police, qu'vous y êtes ? — Hé ! Titi !

TITI.

Voilà, voilà !

SUR LA PLACE DE GRÈVE.

LOLO, TITI.

LOLO.

Hé! Titi, ohé!

TITI.

Me v'là!

(*Ils parviennent juſqu'au parapet, en face de l'inſtrument du ſupplice.*)

LOLO, *à ſa voiſine.*

Laiſſez-moi monter après l'*S* du réverbère, dites, meſſieurs? Laiſſez-moi monter avec mon camarade... ça vous fait rien, laiſſez-moi monter.

LES HABITUÉS, *montés ſur le parapet.*

Tu nous embêtes, va-t'en!

LOLO.

Non, ſans bêtiſe, quoi qu'ça vous fait?

UNE DAME.

Pas plutôt monté qu'les gendarmes vont te faire defcendre.

LOLO.

A pas peur, j'les connais. — Dites, laiffez-moi monter; j'vous dirai quand eft-ce qu'y viendront, les guillotinés. — Merci! — Hé! Titi!... Laiffez-le monter.

LES HABITUÉS.

Non! y a affez de toi.

TITI.

Y es-tu?

LOLO.

Tout à l'heure.

UN HABITUÉ.

Prends garde à toi, v'là l'gendarme!

LOLO.

M'en fiche pas mal, j'y pile du poivre, à vous auffi. — Hé! Titi!

TITI.

Après?

LOLO.

J'y fuis. — T'en viens-tu?

TITI.

Peux pas.

LOLO.

Et dire que dans tout ce tas d'cocus-là y en a pas un de complaiſant!

LES HABITUÉS.

Hé! dis-donc, toi, hé! là-haut!

LOLO.

De quoi? de quoi? des navets! — Hé! Titi!

DES VOIX.

Place à louer, place à louer!

TITI.

Viennent-t'y?

LOLO.

Ah ben oui! pas encore.

UN GENDARME A CHEVAL, *à Lolo.*

Dites donc, vous, hé! là-bas! voulez-vous me faire l'amitié de deſcendre de d'là?

LOLO.

Qui ça? moi?

LE GENDARME.

Si vous plaît.

UN HABITUÉ.

Il avait l'air de dire qu'y vous connaiſſait.

LE GENDARME.

Qu'eſt-ce que vous dites, beau blond ?

L'HABITUÉ.

Je dis qu'il avait l'air de dire qu'y vous connaiſſait.

LE GENDARME.

Si j'ai un conſeil à vous donner, c'eſt d'vous taire.

L'HABITUÉ.

Je croyais devoir...

LE GENDARME.

C'eſt pas fini ?

L'HABITUÉ.

Je me tais, gendarme, je me tais.

LE GENDARME.

C'eſt ce que vous devriez toujours faire.

LOLO, *à l'habitué.*

Ça te la coupe, grand ſerin ! — Dites donc, gendarme, y vous a tiré la langue.

LE GENDARME.

Tu vas commencer, toi, par me deſcendre de là-haut, et pus vite que ça, entends-tu?

LOLO.

Ayez pas peur, je me tiens bien, je tomberai pas. Officier... laiſſez-moi là, y a pas d'danger, je ne tomberai pas.

L'OFFICIER.

Je m'importe peu que tu tombes ou non; je prétends et j'entends que tu deſcendes.

LOLO, *remontant.*

Oui, tâche... Ohé! les gendarmes, ohé! Allume, allume! — Hé! Titi!

TITI.

Oui!

LOLO.

Viens-tu?

TITI.

Peux pas.

LOLO.

T'es bête. — Tiens, tiens, tiens! tous ces militaires qui ſont là, qu'entourent la guillotine! Pas encore gênés, ceux-là, *aux premières*, merci ! Dites-donc, hé ! là-bas ! c'eſt pas vot' place, en Grève ; allez-vous-en donc à la plaine de Grenelle, voir vos fuſillés à mort, et laiſſez-nous tranquilles ! A-t-on jamais vu ! y ſont là qui prennent leur café ! Vous n'êtes pas d'ſervice, allez-vous-en, vous n'avez pas l'droit d'reſter là, ça vous r'garde pas ! C'eſt l'exemple au peuple, not' exemple, à nous. Y ſont encore bon enfants. Ben obligé !

VOIX, *dans la foule.*

Place à louer, place à louer !

LOLO.

Hé ! Titi !

TITI.

Oui !

LOLO.

Es-tu bien ?

TITI.

Je vois rien. Et toi ?

LOLO.

Moi, tout.

VOIX, *dans la foule.*

Place à louer, place à louer !

TITI.

Arrive-t-y quet' chose?

LOLO.

Je n'vois rien.

VOIX, *dans la foule.*

Plaçe à louer, place à louer!

LOLO.

Si... si... attends... non... c'est moi qui s'trompe... Dieu! y a t'y du monde sus les toits! Je serais-t'y ben là pour les voir tomber, s'il en tombait! J'rirais-t'y, j'rirais-t'y! J'aurai pas c'bonheur-là, pas d'chance.

VOIX, *dans la foule.*

Place à louer, place à louer!

LOLO.

Pas bête, l'bijoutier du coin! il a loué tout son *preu**, ça y rapporte; et du beau monde qu'il a chez lui... tout linge blanc! Faut que j'leux z'y parle. — Dites donc, mesdames de chez l'bijoutier, c'est-y la première fois qu'vous v'nez voir ça? — De quoi, monsieur, de quoi? — Comment! que

1. Son premier.

je n'parle pas à ces dames? — Non? — J'veux leur z'y parler, moi, c'eſt mon idée, ma coloquinte! — C'eſt-y vot' épouſe, dites, monſieur, qu'eſt à vos côtés? — C'eſt pas elle? — Qui donc qu'c'eſt? — Son nom, ſi vous plaît? — Quoi? — Vous vous fâchez? Vous fâchez pas, ça vous rend laid. — J'ai pas peur de vous, vous ſavez? — Vous avez pas ſeulement la croix, pourquoi ça? Allons, hue! Vous ſavez c'que j'vous ſuis.

VOIX, *dans la foule.*

Place à louer, place à louer!

LOLO.

Taiſez donc vos gueules, y a que pour vous à parler. — Hé! Titi!

TITI.

De quoi?

LOLO.

T'en tires-tu?

TITI.

J'vois toujours rien. — Crois-tu qu'y vont venir?

LOLO.

C'eſt ſelon; ſi y diſent qu'y z'ont des

révélations, ça va retarder. Souvent y disent qu'y z'en ont, c'est pour gagner du temps; y z'en ont pas, vieux fil!

TITI.

Leur z'y donne-t-on à manger?

LOLO.

J'crois ben! Tout ce qu'y demandent, on leur z'en donne. Du vin, du café, des cigares, des omelettes, des fruits dans l'été, y z'ont de tout. Y sont pas à plaindre, va!

TITI.

Oui, mais...

LOLO.

Dame! sans ça!

VOIX, *dans la foule.*

Place à louer, place à louer!

UNE FEMME.

Prenez donc garde, gendarme! Gendarme, prenez donc garde!

LE GENDARME.

Plaît-y?

LA FEMME.

Vous risquez d'écraser des enfants avec vot' cheval.

LE GENDARME.

Y n'auraient que c'qui méritent; pourquoi qui viennent?

LOLO.

Parbleu! je partage uniquement vot' manière de voir, gendarme.

VOIX, *dans la foule.*

Place à louer, place à louer!

LOLO.

V'là qu'on s'agite là-bas, le ſpectacle va commencer; prenez vos billets! — Hé! Titi! monte un peu par ici.

TITI.

Peux pas.

LOLO.

Faut-y qui y ait des gens ridicules! Empêcher un enfant d'avoir du plaiſir! Tas d'faignants, va! — Y doivent commencer à ſortir du Palais de justice.

TITI.

Vois-tu les gendarmes?

LOLO.

Les houzards de la guillotine, tu veux

dire; pas visibles à l'œil nu... Si, si, c'est moi qui s'trompe, si, les v'là, les v'là qui débouchent... oui, oui, c'est eux qu'accompagnent le juge rapporteur; après lui la charrette. Ça va pas tarder. C'est l'bouquet. Allume, allume !

VOIX, *dans la foule.*

Place à louer, place à louer !

LOLO.

Hé ! Titi !

TITI.

Oui.

VOIX, *dans la foule.*

Place à louer, place à louer !

LOLO.

V'là les gendarmes, v'là les gendarmes ! Y z'accompagnent l'rapporteur; vont-y assez au galop ! Vois-tu la foule qui s'fend pour les laisser passer. En v'là là-bas qui s'bûchent. Hardi ! eh ! là-bas ! Mords-les, mords-les ! Zi, zi !

VOIX, *dans la foule.*

Place à louer, place à louer !

LOLO.

Taiſez donc vos gueules, tas d'muffes! vous voyez ben qu'on n'en veut pas, d'vos places. — V'là qu'ça vient, v'là qu'ça vient! Nous allons rire.

UN MONSIEUR.

Ça doit point être encore eux.

LOLO.

Qu'eſt-ce qui dit, c'moſieu? J'voudrais recueillir ſes paroles.

LE MONSIEUR.

J'dis que ça doit point être encore eux.

LOLO.

Qui qui vous a dit ça?

LE MONSIEUR.

Ça doit être le juge rapporteur.

LOLO.

Qué juge rapporteur?

LE MONSIEUR.

Qui précède la charrette.

LOLO.

Eh ben, après?... Allez donc vous laver. — Les v'là, les v'là, les v'là, c'te fois ici! Hé! Titi!

TITI.

Oui.

LOLO.

Les v'là, les v'là!

VOIX, *dans la foule.*

Place à louer, place à louer! — Pouſſez donc pas! — Hé! Tramiaud! — Place à louer!

LOLO.

Tâche donc d'monter, hé! Titi!

TITI.

J'peux pas.

VOIX, *dans la foule.*

Place à louer, place à louer! — Hé! Tramiaud! — A la garde, à la garde! — Pouſſez-donc pas! — Place à louer, place à louer!

LOLO.

Les v'là, les v'là!.. Hé! Titi!

TITI.

Oui.

LOLO.

Hé, les aut's! ohé!

VOIX, *dans la foule.*

Place à louer, place à louer! — Hé! Chrétien!

LOLO.

Tiens, tiens! j'les vois... tous les deux dans la même charrette, avec la mère. — Merci, pas gênés, chacun un prêt'!... Les v'là qui détournent l'café.

VOIX, *dans la foule.*

Eh! Chrétien! — Place à louer, place à louer!

LOLO.

Bon! un gendarme qu'écrafe un moutard... Gare la graiffe!

VOIX, *dans la foule.*

Place à louer, place à louer!

LOLO.

Y a-t-y des gendarmes, y en a-t-y!

VOIX, *dans la foule.*

Place à louer, place à louer!

LOLO.

Voyez-vous la mère?

UN PARFUMEUR.

Y vont à l'Hôtel de ville.

LOLO.

Après?

LE PARFUMEUR.

Y n'ſortent pas de la Conciergerie...

LOLO.

Qui?

LE PARFUMEUR.

Les condamnés.

LOLO.

Eh ben, après? après, quoi?

LE PARFUMEUR.

Qu'après que l'juge y eſt rentré, à l'Hôtel de ville.

LOLO.

Tout ça prouve que vous avez bu.

UN AUTRE MONSIEUR.

Eſt-y inſolent, c'crapaud-là !

LOLO.

Avec ça qu'vous m'faites encore l'effet d'êt' ferré ſus la politeſſe, allez.

TITI.

Tu la vois, la mère ?

LOLO.

Oui, j'la vois... a parle à ſon calotin, la gueuſe ! — Va, va, confeſſe, confeſſe... trop tard, caponne ! caponne ! vieille ſorcière ! Tu vas la danſer, t'en as pas pour longtemps... Allume, allume !

VOIX, *dans la foule.*

Place à louer, place à louer !

LOLO.

Tiens, tiens, j'vois pas m'ſieu Samſon.

VOIX, *dans la foule.*

Y doit pourtant y êt'.

LOLO.

Pourquoi que j'le dirais pas, ſi y était ? J'vois les aut's, lui pas.

UN FAÏENCIER.

Y eſt, c'eſt ſûr.

LOLO.

Quand on vous dit qui y eſt pas, grand ſerin. — Les v'là ! les v'là !

VOIX, *dans la foule.*

Hé ! Borniche ! — Place à louer, place à louer ! — Ohé !

LOLO.

L'premier aide qu'eſt dans la charrette. M'ſieu Fardeau !

TITI.

C'eſt pas avec Goiſpier ?

LOLO.

Goiſpier ? Jamais ! Comme ſi je l'connaiſſais pas.

VOIX, *dans la foule.*

Place à louer, place à louer !

LOLO.

Y demeure dans la maiſon à mon oncle Camus, un étage au-deſſus. — Vois-tu, les gendarmes qui font reculer l'monde. — Allume, allume !

VOIX, *dans la foule.*

Hé! Borniche! — Place à louer, place à louer!

VOIX, *dans la foule.*

P't-êt' ſon fils, à M. Samſon.

LOLO.

Quand on vous dit qu'non. Son fils! vous voulez rire : il eſt ben trop jeune; d'ailleurs, y fait qu'marquer, pour s'eſſayer; c'eſt lui qu'a marqué mon couſin. Y n'fait qu'vous flatter l'épaule, on l'ſent pas. Y croyait qu'il allait commencer, l'tour était fait : c'était la graiſſe qui l'y mettait.

VOIX, *dans la foule.*

Place à louer, place à louer! — Hé! Marſaud! — Place à louer, place à louer!

LOLO.

Les v'là, les v'là! — J'vois M. Samſon, là-bas ſur l'échafaud. L'vois-tu, tout en noir... un grand, qu'eſt tout chauve? Y ſera venu dans un cabriolet... V'là les aut's, v'là les aut's! Allume, allume! Les v'là, les v'là!

VOIX, *dans la foule.*

Les vois-tu?

LOLO.

Pas encore; y tournent l'dos à la guillotine.

VOIX, *dans la foule.*

Place à louer, place à louer!

LOLO.

V'là l'pus p'tit qu'on deſcend. Y veut embraſſer ſon prêt'... L'prêt' recule, il a peur... Non, non, c'eſt moi qui s'trompe, il l'embraſſe. (*Mouvements dans la foule. Silence.*) Eſt-y pâle! C'eſt pas l'embarras, l'prêt' eſt pus pâle que lui; y pleure. — Attachez-z'y les jambes! — On y retire ſa redingote qu'il a ſus les épaules... Le v'là ſus la planche... on le coule... Bon! Et d'un!

(*Mouvements divers.*)

V'là l'aut'... il eſt rouge, rouge de partout, d'figure et d'cheveux... Il a pas peur, celui-là; il embraſſe pas ſon prêt'... Y l'y préſente le crucifix, le prêt'. — Y préſentez donc pas, y va cracher deſſus; c'eſt l'pus brigand, c'eſt lui qu'a dit des ſottiſes au préſident; il l'a appelé vieux filou. — Il a défait ſes bras... Attachez-z'y donc ſes bras !... — On a oublié de l'faire vacciner ; eſt-y grêlé ! a-t'y les yeux aſſez mauvais... C'eſt lui qu'a porté des coups à la victime avec ſon ciſeau, tandis qu'ſa mère la t'nait. — Le v'là, le v'là... Enlevé !

V'là la mère, v'là la mère ! c'eſt l'bouquet !... Elle eſt toute petite, la gueuſe ! Qui dirait jamais qu'eune tite femme comme ça eſt ſi mauvaiſe !... A peut pas monter les eſcaliers... On la monte... Alle a rien dit à ſon prêt'... Alle a ſon bonnet. — Otez-z'y donc ſon bonnet ! on guillotine pas n'en bonnet !... — Bon ! on y ôte... V'là un des aides qui l'enlève ; a pèse pas lourd. — Bonjour, madame ! Ça va bien, chez vous ? — Alle eſt à la Titus, toute griſe qu'alle eſt ! — Oh ! qu't'es laide, la bourgeoiſe ! T'as beau rouler tes yeux, faut pas moins qu't'y paſſes ; t'es fichue... Paſſe ta tête... A veut pas... Eh ben ! Eh ben ! Enfoncée !... — Au *panier*, au *panier !*... Alle a pas d'ſang !

(Silence dans l'aſſemblée.)

LOLO, *deſcendant.*

Au rideau ! l'acte eſt fini. Orgeat, limonade, des glaces, ſirop d'vinaigre! — A Clamart, à Clamart! — Hé! Titi! viens-tu?

TITI.

Non, merci, j'en ai aſſez, autant dire j'en ai trop.

LOLO.

T'es bête!

TITI.

Où qu'tu vas?

LOLO.

A Clamart... C'eſt l'pu intéreſſant.

TITI.

Quoi faire?

LOLO.

C'eſt là qu'on les dépoſe.

TITI.

Après?

LOLO.

On ouvre les paniers... on les voit, on y touche. C'eſt comme ça qu'j'ai des cheveux du dernier.

L'ÉGLISE FRANÇAISE

(1833)

L'ÉGLISE FRANÇAISE

(1833)

SUR LE BOULEVARD DU TEMPLE.

FORGET, BOIREAU.

FORGET.

Eh ben, non, vrai, vieux, j'ſuis pas fâché de t'voir!

BOIREAU.

Moi, la même choſe.

FORGET.

D'autant que j'te croyais mort.

BOIREAU.

Tu vois qu'non.

FORGET.

Du reſſe, comment qu'ça va? tu content?

BOIREAU.

Je l'ſuis ſans l'êt', je l'ſuis ſi tu veux, & toi?

FORGET.

Ça boulotte. T'as d'l'ouvrage?

BOIREAU.

J'en manque pas, Dieu merci, tant qu'à préſent. Toi auſſi?

FORGET.

La même choſe. Dis donc?

BOIREAU.

De quoi?

FORGET.

Entrons quét'part; t'as l'temps? J'ai à t'conter quét'choſe. Tu veux?

BOIREAU.

J'crois ben!

DANS UN CABARET.

BOIREAU, FORGET.

BOIREAU.

Demeures-tu toujours où c'que tu demeurais ?

FORGET.

Toujours. Pas qu'j'y ſoye bien, tant s'en faut ; mais, tu ſais, j'y ſuis connu... autant là qu'ailleurs ; c'qui fait qu'j'y reſſe.

BOIREAU.

Comme moi où c'que j'ſuis.

FORGET.

Tu croirais pas n'eune choſe ?

BOIREAU.

Non ; dis, quoi qu'c'eſt ?

FORGET.

J'ai, vois-tu, au jour d'aujord'hui, comme eune tuile qui m'tombe ſus la tête; c'qui fait que j'ſuis ben aiſe de t'rencontrer.

BOIREAU.

Et moi, donc!

FORGET.

Garçon!

LE GARÇON.

Voilà!

BOIREAU.

Conte-moi ton conte.

FORGET.

Deux minutes, j'ſuis à toi. (*Après avoir parlé à l'oreille du garçon.*) Tu y es?

BOIREAU.

Va.

FORGET.

Tu ſais ben Pauline?

BOIREAU.

Ta femme?

FORGET.

Ma femme, ma femme...

BOIREAU.

Qui t'en ſert. Eh ben ! alle eſt pas morte ?

FORGET.

Pas encore ; mais c'eſt pas tout ça, v'là la choſe... Tu n'es pas ſans ſavoir que j'ai d'elle un enfant ?

BOIREAU.

Connu ! eune demoiſelle.

FORGET.

Oui.

BOIREAU.

Après ?

FORGET.

Eh ben, ſa mère veut abſolument qu'on la baptiſe...

BOIREAU.

Tiens, tiens, tiens !

FORGET.

Et, tel que tu m'vois, j'ſuis en train d'ſercher un prêtre ; alle en veut, alle en a beſoin, y en faut, alle en rêve.

BOIREAU.

Et toi ?

FORGET.

Tant qu'à moi, j'm'en contrefiche; tu conçois, j'ai jamais été baptiſé, ni confirmé, ni rien, vu qu'ma mère n'aimait pas les prêtres. J'ai dit oui, à cause, tu ſais, avec les femmes, quand même qu'on voudrait pas, faut jamais dire non, et toujours avoir l'air de céder.

BOIREAU.

Et on cède auſſi, faiſons pas nos malins.

FORGET.

Fin finalement, faut pas moins que j'me préoccupe de la faire baptiſer, c't'enfant. Ça m'ſerait core aſſez indifférent... on en meurt pas; mais tous ces calotins à qui j'vas m'adreſſer vont tous me d'mander ſi c'eſt qu'nous ſommes mariés, ſi c'eſt qu'nous l'ſommes pas; ça, vois-tu, ça m'écœure; quoi leur y répondre, quoi, dis-le?

BOIREAU.

J'en ſais rien; mais diſant qu'tu l'es, tu mens pas.

FORGET.

Oui, mais avec une aut'; elle auſſi... enfin, ſi faut que j'te l'diſe...

BOIREAU.

Dis toujours, accouche, conte ton conte, va ton train, aie pas peur.

FORGET.

Eh ben, non... j'ofe pas... v'là l'fait.

BOIREAU.

T'es bête.

FORGET.

J'ai toujours été comme ça.

BOIREAU.

Faut en prend' ton parti, c'eft fini, t'en as pour ta vie.

FORGET.

Si ben qu'j'ofe pas rentrer à la maifon.

BOIREAU.

As-tu peur qu'a t'batte ?

FORGET.

C'eft pas ça, mais la crainte qu'a m'agonife & m'rabâche toujours la même chofe : qu'fi jamais nous venions à la perd', c'te p'tite, a s'en aille tout droit en enfer, et ci, et ça, des bêtifes !

BOIREAU.

Et c'eſt ça qui t'contrarie ?

FORGET.

Pas tant qu'ça m'contrarie... ça m'embête, et voilà.

BOIREAU.

Sais-tu c'qui faut faire ?

FORGET.

Non, quoi qu'c'eſt ?

BOIREAU.

T'as qu'eune choſe.

FORGET.

Laquelle ?

BOIREAU.

Tu prends ton enfant, ta moutarde, ta momeſſe, par la main...

FORGET.

Après ?

BOIREAU.

Tu la mènes à l'église...

FORGET.

C'eſt préciſément ça qu'j'ai peur ; j'crains d'y aller.

BOIREAU.

Laiſſe-moi t'achever. Tu la mènes à l'égliſe... pas la celle que tu connais, eune aut'e.

FORGET.

Laquelle que c'eſt ?

BOIREAU.

La *Françaiſe.*

FORGET.

Pourquoi *Françaiſe* ?

BOIREAU.

C'eſt là que j't'attendais. Tu n'en as jamais entendu parler ?

FORGET.

C'eſt-y pas un peu comme les proteſtants ?

BOIREAU.

Mieux qu'les proteſtants, mieux qu'les juifs, que les catholiques, mieux qu'tout ! Eune nouvelle religion, vois-tu, c'eſt-à-dire que c'eſt la ſeule, l'unique, la vraie, la seule au monde dans deux ans! Tout c'qu'on y débite, un enfant l'comprendrait, vu d'abord qu'c'eſt en français, pis qu'c'eſt, c'te religion-là, la religion du peuple, eune religion, pour te finir, eune religion qu'on y fait tout c'qu'on veut; on rend compte de c'qu'on fait à perſonne.

FORGET.

Et on y baptiſe?

BOIREAU.

Si on y baptiſe?

FORGET.

Oui.

BOIREAU.

Tout ce qu'on y préſente.

FORGET.

Et tu crois qu'moi, y m'nant ma p'tite...

BOIREAU.

T'auras pas ſeulement l'temps d'te r'tourner, a ſera baptiſée. — Eh ben! vieux, voyons, franchement, ça t'chauſſe-t'y?

FORGET.

Si ça m'chauſſe ? mais mieux qu'ça, ça m'botte ! Tu m'apportes le bonheur, la tranquillité, brigand ; tu m'ſauves la vie, t'es mon ange, mon Dieu, mon ſauveur. Achève : comment c'qu'on s'y prend, dis, que j'y aille ?

BOIREAU.

Tu commences par aller trouver ſon Chef, l'abbé Châtel.

FORGET.

Quoi qu'il eſt ?

BOIREAU.

Le Chef, j'te dis.

FORGET.

Et le Pape, quoi qui' d'vient ?

BOIREAU.

Le Pape ?

FORGET.

Oui.

BOIREAU.

Il en eſt pus queſtion, on l'envoie s'aſſeoir ;

ils le reconnaiſſent plus. C'eſt, vois-tu, l'abbé Châtel... tout uniment... le Prince...

FORGET.

Qué Prince ?

BOIREAU.

Le Prince, Primat des Gaules.

FORGET.

Excuſez !

BOIREAU.

Une fois qu'tu l'auras trouvé, j'te dirai où, tu y dis : — M'ſieu Châtel, j'ai eune enfant que je ſerais aſſez flatté qu'on la baptiſe. — Y répond : C'eſt bon, mon garçon. — Vous convenez du jour; t'as pus à t'en occuper.

FORGET.

J'y vas demain.

BOIREAU.

Avant dix heures : c'eſt là qu'ordinairement y dit ſa meſſe. Tu commences par t'adreſſer au portier; tu y contes ce qu'tu viens faire, que t'as à parler à l'abbé Châtel; y t'indique où çà qu'il eſt, où qu'eſt ſon égliſe, & tu pars de là.

FORGET.

Et bon enfant, qu'il eſt ?

BOIREAU.

S'il eſt bon enfant ?

FORGET.

Oui.

BOIREAU.

Ah çà ! tu ris, pas vrai... S'il eſt bon enfant ! mais j'veux pas qu'tu y aies parlé cinq minutes, que vous ſoyiez les deux doigts de la main. Tu l'aimeras comme ton père. Mais moi qui t'parle, *aujord'hui* pour demain, n'importe à quelle heure, y viendrait à avoir beſoin d'moi, ſoit d'ma culotte, ſoit d'ma ch'miſe, ou autrement, j'y dirais : Vous gênez pas, pigez *, tout ce qu'j'ai au monde & ſur la terre, voire même ce qu'j'ai ſus l'corps, tout, c'eſt à vous, prenez, ça m'fera plaiſir. — Tu conçois, d'après ça, qu's'il était pas bon enfant, j'y dirais pas tout ça.

FORGET.

Eh ben, merci !

* Prenez.

BOIREAU.

De ces gens, vois-tu, l'abbé Châtel... qu'on aime... avant d'les avoir vus.

FORGET.

Où çà qui *reſſe ?*

BOIREAU.

Rue Baſſe-Saint-Denis, tout cont' la Porte.

FORGET.

J'vois ça d'ici.

BOIREAU.

Eune grande cour... Te rappelles-tu m'ſieu Martin ?

FORGET.

C'eſt pas un homme qui s'battait avec des animaux ?

BOIREAU.

Préciſément. Dans la cour, qu'il était, avec tous ſes lions.

FORGET.

J'y ſuis.

BOIREAU.

A ta ſanté, vieux !

FORGET.

A la tienne.

BOIREAU.

Vas-y demain, manque pas!

FORGET.

Demain, ſans faute, j'te promets.

BOIREAU.

Eh ben, n'à revoir, ma vieille; faut que j'te quitte. Ben des choſes chez toi.

FORGET.

Chez toi auſſi, merci.

SUR LE BOULEVARD,

(Quinze jours après.)

BOIREAU, FORGET.

BOIREAU.

Je d'vais t'voir aujourd'hui, j'ai rêvé d'toi, Charlotte aussi.

FORGET.

A va bien ?

BOIREAU.

Comme tu vois.

FORGET.

Entrons-nous prend' quét'chose ?

BOIREAU.

J'allais te l'proposer.

FORGET.

Allons-y gaiement.

BOIREAU.

Garçon !

FORGET.

Voilà !

BOIREAU.

Du cachet vert. — Mets-toi là, ma vieille. — Eh ben ?

FORGET.

De quoi ?

BOIREAU.

Vot' baptême ?

FORGET.

On t'l'a pas dit ?

BOIREAU.

Jamais !

FORGET.

Paſſé, comme eune lett' à la poſte.

BOIREAU.

Quand j'te diſais !

FORGET.

En v'là un, d'prêtre !

BOIREAU.

Et un drôle de prêtre !

FORGET.

Si tous étaient comme ça, vois-tu...

BOIREAU.

Y aurait plaisir d'aller à la messe, pas vrai ? Sans l'abbé Châtel, j'y aurais jamais fichu les pattes ; avec lui, c'est un plaisir. — Voyons, conte-moi un peu comment qu'ça s'est passé. — A ta santé.

FORGET.

A la tienne.

BOIREAU.

Va, j't'écoute.

FORGET.

Il est bon d'te dire que déjà j'en avais parlé à plusieurs personnes, et que d'aucunes m'avaient dit : Prenez garde de n'pas vous laisser entortiller : c'est des farceurs, ces gens-là, qu'ont été renvoyés des paroisses qui z'étaient, des séminaires ou autrement. Bien plus, on a été jusqu'à dire que c'étaient tous des filous.

BOIREAU.

Les prêtres, qui font courir ces bruits-là.

FORGET.

Enfin, tu conçois, ça m'avait comme...

BOIREAU.

Détourné ?

FORGET.

Oui.

BOIREAU.

Clampin, va ! Enfin, tu y as été ?

FORGET.

Oui. Tu conçois, j'les écoutais qu'à moitié. D'abord, eune choſe qui m'allait, c'eſt qu'on y diſait la meſſe en français.

BOIREAU.

C'eſt tout ſimple, l'égliſe *françaiſe*.

FORGET.

J'arrive donc à l'endroit que tu m'avais dit.

BOIREAU.

Rue Baſſe-Saint-Denis.

FORGET.

Oui. J'vois la maiſon qu'tu m'avais dit, j'demande au concierge, qu'était une portière, j'demande m'ſieu Duchâtel.

BOIREAU.

Châtel, que j't'avais dit.

FORGET.

Enfin, l'importe.— Connais pas, qu'a m'dit.

BOIREAU.

Les vois-tu, les jéſuites, hein! les vois-tu?

FORGET.

Quoi qu'y fait? qu'alle ajoute. — Y dit la meſſe, que j'reprends... la meſſe en français. — Voyez dans la cour, qu'a dit, la première écurie à main gauche.

BOIREAU.

Tu y as pas fichu une calotte?

FORGET.

C'était eune vieille.

BOIREAU.

T'as évu tort!

FORGET.

J'entre donc dans la cour; je ſerche, je ſerche, & j'découvre eune tite croix ſus eune porte. Ça doit êt' là, que j'me dis. Je frappe, & j'entends quéqu'un qui m'crie : Entrez ! J'entre, & j'vois dans n'eune grande, grande ſalle, des chaiſes, des bancs, des tabourets, pis des chandeliers avec un prêt' qui diſait la meſſe à deux vieilles femmes, deux vieux bas d'buffet, qu'écoutaient.

BOIREAU.

J'les connais.

FORGET.

Poſſible, j'te dis pas non.

BOIREAU.

Les deux ſœurs.

FORGET.

J'vas tout d'ſuite au prêtre, & j'y dis : Pardon excuſe ſi j'vous dérange; m'ſieu Duchâtel, que j'y dis, c'eſt-y vous?

BOIREAU.

Châtel, que j't'avais dit.

FORGET.

Oui. — J'aurais deux mots n'à vous dire. — Je ſuis à vous, qui dit; j'ai core quéques bredouilles à débiter; allez faire un tour ſus l'boulevard, j'en ai pas pour longtemps. — Je ſors, j'entre chez un marchand d'vin rue d'l'Échitier, je d'mande eune abſinthe, pis je r'viens. Les deux bonnes femmes avaient filé, a y étaient plus; y avait qu'lui, l'abbé Duchâtel.

BOIREAU.

Châtel, qu'on t'dit.

FORGET.

Eh ben, oui, qui poyait les effets qu'il avait dit la meſſe avec, & j'y redis : M'ſieu Duchâtel ! — Châtel, qui m'dit, Châtel, mon garçon.

BOIREAU.

C'eſt vrai, pourquoi qu'tu veux toujours l'eſtropier, c't'homme ?

FORGET.

Ça m'eſt plus commode. — Allez vot' train, qui m'répond, j'vous écoute. — V'là la choſe. J'ai un enfant, eune tite fille, eune mômeſſe, eune moutarde, avec eune femme avec qui que je n'ſuis pas marié, vu qu'alle l'eſt, moi auſſi. — Très-bien, qui dit.

BOIREAU.

Quand j'te diſais.

FORGET.

Alle a comme envie d'la faire baptiſer. — Y a pas d'mal à ça, qui dit; ſi ça y fait pas d'bien, ça peut pas y faire de mal... Mais là, vois-tu, tout comme j'te dis.

BOIREAU.

Le roi des hommes!

FORGET.

—Vous l'avez pas ſus vous, qui m'dit, vot' petite? — Non, que j'l'y dis, mais j'vous l'amènerai... Tu le r'connais?

BOIREAU.

Et des hommes comme ceux-là, on se refuſe à les comprendre!

FORGET.

— C'eſt qu' voyez-vous, à l'aut' égliſe, que j'ajoute, c'eſt un tas d'faignants qui ſuffit qu'on ait ſa femme pour qu'on en aie pas eune aut'... tas d'jéſuites!... Tout ça pour le flatter.

BOIREAU.

T'avais pas beſoin : y les connaît bien. Faut voir comme y les arrange! & l'pape, & toute ſa clique, & tout.

FORÇET.

— Alors, mon garçon, qui dit, j'pourrai pas m'occuper d'vot' affaire avant mardi. — Ça m'chauſſe & ça m'botte, que j'y dis, d'autant qu'ça nous donnera l'temps d'préparer quét' choſe d'ici là, & vous nous ferez, j'eſpère, l'eſtime & l'amitié d'en êt'. — Parbleu! qui dit, j'crois ben. — J'étais content, vois-tu, je l'aurais embraſſé ſi j'eus oſé!

BOIREAU.

Follait l'faire, tu y aurais fait plaiſir.

FORGET.

J'ai pas oſé. — Comment! qu'j'y dis, vrai! vous fereriez aſſez bon pour accepter de venir déjeuner avec nous? — Tout d'même, qui dit, j'adore de manger avec mes... Comment qu'il appelle ça?

BOIREAU.

Mes *Paufilippes**.

FORGET.

Oui, dans c'genre là. — Tapez dans la main, qu'j'y dis, c'eft convenu. — A préfent, qui dit, comme fi tous les notaires y avaient paffé, qui dit. — Volontiers, que j'y dis. J'avoue, fur ça, que j'y ai ferré la main, & d'bon cœur.

BOIREAU.

Tu l'devais. Hein! qué brave homme!

FORGET.

J'le r'garde comme mon fecond père.

BOIREAU.

Et moi, donc! Et tu l'as choifi, celui-là!

FORGET.

J'crois ben... l'aut', j'l'ai jamais vu. Et ma femme, faut la voir, ma femme, avec lui! Il y dit des chofes, vois-tu, mais des chofes... qu'un fapeur en rougirait.

* Profélytes.

BOIREAU.

Parbleu ! faut-y pas, pafce qu'il eft prêtre, qui foye pus un homme ? c'te bêtife !

FORGET.

Oui.

BOIREAU.

Il a chanté ?

FORGET.

S'il a chanté ! j'crois ben... Des horreurs, ma vieille, qu'il a chantées ! *Je fuis du Canada*, *Le verre à la main*... eft-ce que j'fais tout c'qui n'a pas dit ! Au point qu'j'ai jamais vu un prêtre auffi amufant.

BOIREAU.

Moi non plus.

FORGET.

C'eft égal, écoute, y a des moments que j'trouve qu'y paffe un peu la permiffion.

BOIREAU.

Enfin, finalement, a vous été contents ?

FORGET.

Oui.

BOIREAU.

Il a pas fait d'ſottiſes ?

FORGET.

Si tu veux... ſeulement, il a pincé un cancan. J'avoue qu'ça a paru un peu drôle.

BOIREAU.

Paſce qu'on n'en a pas encore l'habitude. Faut s'dire eune choſe, il en eſt des prêtres comme des gens qui s'marient; l'homme n'eſt tranquille, dans un ménage, que d'autant qu'il a fait la noce; donc, un prêtre qui l'a faite la fait plus. Et ſais-tu ce qui va arriver? veux-tu que j'te l'diſe ?

FORGET.

J'veux bien.

BOIREAU.

Y finiront par ſe marier, tu verras.

FORGET.

Y te l'a dit ?

BOIREAU.

Pas lui... lui voudrait pas, tu conçois, à ſon âge, trente-huit ans. Y dit à ça qu'il a du temps à lui, qui veut en profiter. J'trouve qu'il a raiſon.

FORGET.

Et moi, donc!

BOIREAU.

Y s'amuſera jamais pu jeune. C'eſt égal, j'ſuis toujours pour c'que j'en ai dit, ſi tous les prêt' étaient comme lui, nous ſererions pu heureux.

FORGET.

Et nos femm' auſſi.

BOIREAU.

T'es bête. Y z'y r'viendront, aie pas peur.

FORGET.

Tu crois.

BOIREAU.

J'en ſuis ſûr.

FORGET.

Quand je l'verrai, je l'croirai.

LA FEMME

DU CONDAMNÉ

LA FEMME

DU CONDAMNÉ

DANS UNE PRISON.

LA FEMME, LA COUSINE,
AVOCATS, GARDIENS, GENDARMES,
GREFFIERS, DÉTENUS.

UN GARDIEN.

Que demandez-vous ?

LA FEMME.

Dame ! je d'mande, que je n'demande

rien; j'voudrais ſeulement voir à voir un condamné.

LE GARDIEN.

Avez-vous un permis?

LA FEMME.

A preuve, que j'viens de l'prend' à la Préfecture, avec ma couſine.

LE GARDIEN.

Faut voir au greffe. Vous ſavez lire?

LA FEMME.

Lire, écrire & compter, oui, monſieur. — Viens-t'en, Mélie, par ici; me lâche pas, aie pas peur.

LA COUSINE.

C'eſt pas qu'j'ai peur; j'ai pas peur, mais c'eſt égal, j'aimerais mieux d'êt' ailleurs qu'non pas ici.

LA FEMME.

Ça manque de gaieté? — C'eſt pas non pus pour leux z'amuſer qu'on les z'y met.

LA COUSINE.

Tu croirais pas n'eune choſe?

LA FEMME.

Pas core; quoi qu'c'eſt?

LA COUSINE.

De v'nir ici, vois-tu...

LA FEMME.

Ça t'ôte l'appétit?

LA COUSINE.

Et les jambe' auſſi; tout au plus ſi j'peux m'y t'nir, ſus mes jambes.

LA FEMME.

Et moi donc, qu'eſt ſa femme, qu'eſt-ce que j'dirai? — Tiens, le v'là, leux greffe. — Pardon excuſe, moſieu, ſi j'vous dérange.

LE COMMIS GREFFIER.

Qu'eſt-ce que c'eſt?

LA FEMME.

Eune permiſſion qu'on m'a dit que fallait que j'vous r'mette, pour voir un condamné dont j'ſuis ſon épouſe.

LE COMMIS.

D'onnez.

LA FEMME.

Voilà. — Moſieu ?

LE COMMIS.

Eh ben ?

LA FEMME.

Sans vous commander, c'eſt-y mécredi qui paſſe ?

LE COMMIS.

Il eſt condamné ?

LA FEMME.

A mort, oui, moſieu, pour aſſaſſin ſus ſon beau-père. C'eſt mécredi, pas vrai, qui paſſe, mon homme ?

LE GREFFIER.

J'en ſais rien, ça me regarde pas, c'eſt point mes affaires.

LA FEMME.

Oh ! qu'ſi, vous l'ſavez ! Seulement, vous faites celui qui ne l'ſait pas, craint', des fois, de m'faire ed'la peine. J'vous en ſais gré; mais, à la Préfecture, y n'm'ont pas caché qu'ſon pourvoi était rejeté, d'où j'ai conclu qu'ça ſerait pour mécredi.

LE GREFFIER.

Mercredi ou jeudi.

LA FEMME.

Non, putôt mécredi. Pardon ſi j'vous interromps, vu qu'c'eſt jour ed'marché. (*A la couſine.*) Y s'attendent ben auſſi, cheux nous, qu'ça ſera mécredi, pas vrai ?

LA COUSINE.

Ben ſûr !

LA FEMME.

Pardon, moſieu...

LE GREFFIER.

Encore ?

LA FEMME.

Vous allez-t'y nous donner eune parſonne pour nous conduire ?

LE GREFFIER.

Parbleu ! croyez-vous pas qu'on va vous laiſſer naviguer comme ça dans la maiſon ? merci !

LA FEMME.

Écoutez, moi, j'en ſais rien ; j'ai jamais

venu ici qu'avec les gendarmes; la première fois que j'viens ſans, pas vrai, Mélie ? Tois ſemaines, moſieu, tois ſemaines, comme vous êtes un honnête homme, que j'ne l'ai vu, mon époux. Pauv' chéri ! Croireriez-vous qu'j'ai pas pu l'y parler, tant j'étais toute je n'ſais comment ? — Faut dire auſſi qu'dès qu'j'ai été acquittée, merci ! j'ſors d'en prend', j'ai pas d'mandé mon reſſe, j'ai filé.

LE GREFFIER, *lui donnant un papier.*

Tenez.

LA FEMME.

Pourquoi qu'c'eſt faire, c'que vous m'donnez là ?

LE GREFFIER.

Vous remettrez ça au gardien qui va vous conduire.

LA FEMME.

Merci ! Ben obligée ! — Viens-tu, Mélie ?

LA COUSINE.

T'inquiète pas.

UN GARDIEN.

Où eſt-ce donc qu'vous allez, par là ?

LA FEMME.

Dame! j'en ſais rien; j'ſerche quéqu'un pour nous conduire.

LE GARDIEN.

Attendez. (*A un autre gardien.*) Méchin!

MÉCHIN.

De quoi?

LE GARDIEN.

V'là qui te r'garde.

MÉCHIN.

Venez-vous-en par ici.

LA FEMME.

Viens-t'en, Mélie.

MÉCHIN.

Vous avez vot' autoriſation?

LA FEMME.

La v'là. — Pardon ſi j'vous interromps...

MÉCHIN.

De quoi?

LA FEMME.

C'eſt-y vous qui va nous conduire?

MÉCHIN.

J'en ai peur.

LA FEMME.

Vous l'connaiſſez, pas vrai, moſieu ?

MÉCHIN.

Qui ça ?

LA FEMME.

Mon époux.

MÉCHIN.

J'en ſais rien; peut s'faire que je l'connaiſſe, comme auſſi que je l'connaiſſe pas; j'dois néanmoins l'avoir vu comme j'les vois tous, pas particulièrement; d'abord, ça nous eſt défendu; pis après, j'y tiens pas.

LA FEMME.

Vous l'connaiſſeriez, l'pauv' cher homme, qu'vous y en voudreriez pas; ſa tête qu'a tout fait, pas ſon cœur; enfin, quoiqu' vous voulez, nous ſommes point ſus terre pour nous amuſer, pas vrai ? Comme j'dis, on fait pas toujours c'qu'on veut; qu'on faſſe c'qu'on peut, c'eſt déjà beaucoup, pas vrai ? v'là toujours c'que j'm'ai dit. Encore eune choſe, ſans vous commander ?

MÉCHIN.

Après ?

LA FEMME.

Sont-y avec les aut's, les condamnés à mort ?

MÉCHIN.

Pourquoi qui feraient avec les aut's? y l'ont point befoin d'y être; y font dans leur à part.

LA FEMME.

J'y penfais pas, vous avez raifon.

MÉCHIN.

Il eft condamné à mort, vot' époux ?

LA FEMME.

Du 24 novembre, oui, mofieu; fon pourvoi eft rejeté; pour ça qu'vous m'voyez ici. C'eft pas gai, allez ! J'm'aurais ben paffé d'ça, avec les charges que j'ai ! — Où ça dites-vous qu'il eft, mon homme, fi ou plaît ?

LE GARDIEN.

J'vas vous l'montrer; tout à l'heure vous allez l'voir.

LA FEMME.

Fait pas clair, pas vrai, où qui ſont ?

LE GARDIEN.

Certain qu'il y fait pas clair comme en plein jour.

LA FEMME.

Au cachot, qui ſont ?

LE GARDIEN.

Y ſont où qu'on les met. Où voulez-vous qu'on les mette : aux Tuileries ?

LA FEMME.

Dis donc, Mélie ?

LA COUSINE.

Après ?

LA FEMME.

Lui qu'aimait tant à êt' dehors, comben qui doit êt' privé, pauv' chéri ! — Eh ben ! quoi qu't'as, à préſent ? v'là qu'tu fais ta carpe, tu reſſes en route ? Voyons, arrive.

LA COUSINE.

J'ſais pas, mais j'ſens mon cœur qui s'en

va; j'ai pas tant ſeulement la force d'mett' un pied d'vant l'aut'.

LA FEMME.

T'es bête! Non, parole, j'te promets de n'pus jamais te m'ner neune part, tant qu't'es ridicule!

LA COUSINE.

C'eſt pas ma faute.

LA FEMME.

Où çà qu'il eſt paſſé, l'gardien? il était là tout à l'heure.

LA COUSINE.

Le v'là qu'arrive.

LA FEMME.

Il était allé allumer ſa lanterne.

LE GARDIEN.

J'dois vous prévenir d'eune choſe.

LA FEMME.

De quoi, ſi ou plaît?

LE GARDIEN.

Vous faut, en entrant, baiſſer la tête, craint', des fois, d'vous cogner.

LA FEMME.

Ben obligée ! — T'entends, Mélie ?

LA COUSINE.

Dieu merci, j'ſuis pas ſourde.

LA FEMME.

Baiſſe ta tête.

LA COUSINE.

J'trouve qui fait froid.

LA FEMME.

Comme dans toutes les caves, du moment qu'on deſcend, on l'a froid. Après tout, tu conçois, pou l'temps qu'il ont à reſter là d'dans, y a pas d'rhume à craind'.

DANS LE CACHOT.

LE CONDAMNÉ, LE GARDIEN,
LA FEMME, LA COUSINE.

LE GARDIEN.

T'nez, d'la ſociété qu'on vous amène.

LA FEMME.

Où çà qu'il eſt, mon homme, ſi ou plaît ? je n'vois rien.

LE GARDIEN.

Là, ſus ſon lit. Probablement qui dort. — Dites donc, hé ! là-bas !

LE CONDAMNÉ, *s'éveillant.*

De quoi ?

LE GARDIEN.

Vot' épouſe qui vous arrive.

LA FEMME.

Bonjour, Gabriel.

LE CONDAMNÉ.

De quoi ?

LA FEMME.

Comment qu'ça va ?

LE CONDAMNÉ.

Hein !

LA FEMME.

Tu me r'connais pas, mon chéri ?

LE CONDAMNÉ.

Si.

LA FEMME.

Pourquoi qu'tu m'dis rien ?

LE CONDAMNÉ.

Quoi qu'tu veux que j'te diſe ?

LA FEMME.

Nous ſommes là, qu'nous venons t'voir, avec ta couſine, avec Mélie. Dis z'y bonjour... tu ſais ben, Mélie ?

LE CONDAMNÉ.

Oui.

LA FEMME.

Alle a demandé à t'voir.

LE CONDAMNÉ.

T'as pas entendu parler d'mon pourvoi ?

LA FEMME.

Si.

LE CONDAMNÉ.

Eh ben ?

LA FEMME.

Paraît qu'ça va pas fort.

LE CONDAMNÉ.

J'ſuis rejeté ?

LA FEMME.

J'te dis pas ça. — Allons, voyons, fais pas l'enfant. T'as donc pus d'courage? Voyons, donne-moi ta main, Gabriel, donne-moi ta main. Tu veux pas m'la donner ? Voyons, ma vieille, te laiſſe pas abattre. (*Au gardien.*) Vous avez pas un peu d'eau ?

LE GARDIEN.

Dans la cruche, doit y en avoir. (*La lui présentant.*) Tenez!

LA FEMME.

Ben obligée! J'vas y en frotter un brin les tempes. — Pauv' chéri, va! — T'sens-tu mieux, dis? — Voyons donc, Mélie, tu m'laisses tout sus les bras; tu bouges pas plus qu'une pièce ed'canon... Passe un peu par ici, soutiens-le d'sa tête, ton cousin; hardi, aie pas peur! C'est ça. — T'sens-tu mieux, ma vieille, dis? Voyons, mon bibi chéri, donne-moi ta main?

LE CONDAMNE.

Peux pas.

LA FEMME.

Dis putôt qu'tu veux pas, vieux brigand!

LE GARDIEN.

Vous voyez pas qu'il a la chemise?

LA FEMME.

C'est vrai, pour pas qui leux détruisent; j'y pensais plus. Après ça, si vous croyez qu'on y voit, vous êtes encore pas mal bon enfant! — Dis donc, mon bibi?

LE CONDAMNÉ.

De quoi?

LA FEMME.

J'viens pour prend' tes effets.

LE CONDAMNÉ.

Pafce que?

LA FEMME.

Dame! autant qu'ça ſoye moi qu'en profite qu'les aut's, ſois juſte et d'bon compte, moi qu'es ta femme! Quoi qu't'as ben ici?

LE CONDAMNÉ.

J'en ſais rien.

LA FEMME.

Et ta montre, où ça qu'alle eſt?

LE GARDIEN.

Au greffe.

LA FEMME.

Faut pas que j'l'oublie. — Mélie, tu m'y feras penſer, au cas que j'l'oublierais, tends-tu ? — Quoi qu'c'eſt qu't'as là, ſous ta tête, mon bichon chéri ?... Réponds-moi, mon ange, quoi qu't'as là, ſous ta tête, dis ?

LE CONDAMNÉ.

Sous ma tête ?

LA FEMME.

Un gilet ? — Tiens, Mélie, prends-le... que s'cherche partout, durant qu'j'y ſuis... — Quoi que j'ſens là ? ton pantalon ?... Bonne affaire ! — Mélie, fourre tout ça dans l'panier. — T'as des mouchoirs ?

LE CONDAMNÉ.

Oui.

LA FEMME.

Donne-moi-les... Tes chauſſettes, où qu'a ſont ?

LE CONDAMNÉ.

Dans mes pieds.

LA FEMME.

Sors-les.

LE CONDAMNÉ.

Tu veux donc m'mett' tout nu ?

LA FEMME.

Pis qu'ťes rejeté, tu vas pu avoir beſoin de rien. Et ta redingote que faut qu'j'emporte auſſi; m'la faut, pour habiller l'petit. Pauv' enfant! y viendra t'voir paſſer... il a déjà pas tant d'plaiſir!... C'eſt point l'embarras, il ont été un brin rudes pour toi, merci! y t'ont point ménagé... Tu vas pas l'embraſſer, ta vieille, dis, mon bibi?

LE CONDAMNÉ.

Si.

LA FEMME.

Tu ſeras point exécuté ici, mon chéri; au pays, qu'tu l'ſeras, mardi ou mécredi.

LE GARDIEN.

Allons, en v'là aſſez; faut voir à s'en aller.

LA FEMME.

Faut ben qu'j'y parle. — Dis donc, tréſor, faura t'confeſſer, tends-tu? j'te l'conſeille, fais-le... & pas d'ſottiſes à ton prêtre, t'en prie, on ſait pas c'qui peut arriver.

LE GARDIEN.

Voyons, voyons, filons, y n'eſt qu'temps.

LA FEMME.

Voilà, voilà ! — Nous y ſerons tous, chez mame Vernier, au premier, ſus l'balcon, tends-tu ?... Et tes ſouliers, ma biche, où qui ſont ?

LE CONDAMNÉ.

J'ſais pas.

LA FEMME.

Où qu'on les a mis ? c'eſt pas eux qu't'as aux pieds, c'eſt des ſabots !... — R'garde un peu par terre, Mélie ? tu les ſens pas ?... Tiens, comme tu ſerches, les v'là !

LE GARDIEN.

J'vous ai déjà dit qu'follait ſonger à vous en aller.

LA FEMME.

De quoi ? A vous pas peur qui 's'enrhume ?

LE GARDIEN.

Vous allez voir qu'ça va s'gâter, j'vous en préviens.

LA COUSINE.

Viens-nous-en, Pauline, pis qu'on nous l'dit ; j'ai pas l'intention d'moiſir ici.

LA FEMME.

Aie pas peur. — A préſent, mon bibi, j'vas t'faire mes adieux... N'à r'voir, mon p'tit homme; ſois ben ſage... Ah çà! du courage, pas vrai? Songe que t'as un garçon, qu'tu y dois l'exemple... Baiſe ta vieille! — Mélie?

LA COUSINE.

De quoi?

LA FEMME.

Tu viens pas l'embraſſer, ton couſin?... Non?... Comme tu voudras, ma fille, te gêne pas. — Eh ben, adieu, chéri, ſans rancune.

DANS LA PRISON.

LE GARDIEN, LA FEMME, LA COUSINE.

LA FEMME.

C'eſt égal, pas fâchée d'êt' dehors!... Pas pour dire, mais ça ſent pas bon, là dedans; vous m'direz à ça, pour c'qui z'ont n'à y reſter... — Ah çà! va folloir tout à l'heure qu'on t'porte, ſi tu marches point mieux qu'ça!

LA COUSINE.

Pas ma faute.

LA FEMME.

Et moi, donc, quoi que j'deviendrais, ſi j'avais pas d'courage? Si tu crois qu'ça m'fait plaiſir, tout c'qui m'arrive!... Un homme qu'aurait pu êt' ſi hureux! qu'avait tout pour lui, & finir comme y va finir!... Enfin, n'importe! (*Au gardien.*) Où çà qui faut qu'j'aille, à présent, mosieu, pour sa montre, sans vous commander? où qui faut qu'j'aille, dites?

LE GARDIEN.

Vous avez l'temps.

LA FEMME.

Bien, bien, du moment qu'vous m'promettez que j'l'aurai. — Me v'là tout sus l'dos, à présent; songez, un garçon & trois d'moiselles! Comment que j'vas m'en tirer? Faut que j'trime, si j'veux faire honneur à mes affaires!

LE GARDIEN.

Ça me regarde pas.

LA FEMME.

C'est pas non plus pour vous qu'je l'dis. — Mélie?

LA COUSINE.

Après?

LA FEMME.

J'suis un peu comme toi, j'aimerais pas de v'nir ici tous les deux jours.

LA COUSINE.

C'eſt bon neune fois.

LA FEMME.

Et encore.

A

LA BELLE ÉTOILE

A

LA BELLE ÉTOILE

(1829)

A Paris, fin novembre, quatre heures du matin, rue Baſſe-du-Rempart, en face de la rue de la Paix, & ſur le boulevard. — Il neige.

THÉODORE, ZOÉ.

THÉODORE, *du haut du parapet qui borde le boulevard, & d'une voix enrouée.*

Hé! Zoé!... Pas fichue de m'répondre!. — Hé! Zoé!... Et dire qu'j'ai paſſé tantôt rue Montorgueil ſans ramaſſer d'z'écailles d'huîtres pour y fout' ſus la tête ! (*Il ſe baiſſe.*) C'eſt égal, v'là aut' choſe... aie pas peur, j'vas t'donner d'mes nouvelles.

ZOÉ, *dans la rue Baſſe, & s'éveillant.*

Quoi qu'c'eſt ? quoi qu'y a ?

THÉODORE.

Monte ici, qu'on t'parle !

ZOÉ.

Quoi qu'on m'jette ?... J'ſais d'qui qu'ça m'vient. C'eſt toi, Todore ?

THÉODORE.

Monte un peu, j'ai des compliments n'à t'faire.

ZOÉ.

Ne m'jette pus rien, v'là que j'monte ; c'eſt comme des cailloux ſus la figure, tant qu'c'eſt gelé.

THÉODORE.

Faut-y aller t'préſenter la main ?

ZOE.

Me v'là ! me v'là !

THÉODORE.

Tu dormais ?

ZOÉ.

J'm'avais endormi d'froid : mon gueux * s'avait éteint. J'ai mes pauv's mains & mes pieds que j'les ſens pus.

THÉODORE.

Quoi qu't'as fait d'ta nuit ? Comben qu't'as ?

ZOÉ.

Pas grand'choſe... fait trop froid, rien à faire.

THÉODORE.

Aboule tes fonds.

ZOÉ.

Tu vois, y a pas gras.

THÉODORE.

J'crois ben, tu dors.

ZOÉ.

De froid, que j'te dis.

* Vaſe de terre dans lequel on met des cendres chaudes.

THÉODORE.

De pareſſe, ſalope ! T'as bu, t'es ſoûle ! A preuve, tu vois pas c'qu'on t'donne : quoi qu'c'eſt, de c'te mitraille que j'entrevois là ?

ZOÉ.

Des pièces ſix yards.

THÉODORE.

T'en as menti ! c'eſt des yards... J't'avais défendu d'en recevoir ; pourquoi qu't'en as reçu ?... dis-le, malheureuſe, veux-tu me l'dire, d'où qui t'viennent ?

ZOÉ.

D'un enfant.

THÉODORE.

Où qu'eſt ſon mouchoir, ſi' c'eſt un enfant ?

ZOÉ.

J'y ai pas...

THÉODORE.

Tais-toi, j'ai pas fini !... Où qu'il eſt, ſon mouchoir ? montre-le moi, j'veux l'voir.

ZOÉ.

J'y ai pas demandé.

THÉODORE, *s'avançant le poing levé.*

Tu y as pas demandé ?

ZOÉ, *reculant.*

Non.

THÉODORE.

Pourquoi qu'tu y as pas demandé, quand j'te r'commande de le faire ? Tu pouvais pas y prend'e, bougre de cochonne !... Comme ſi qu'on pouvait pas non plus leur z'y dire, à ces crapauds-là : Vole ta mère, & viens m'voir !... Pas la mer à boire, pourtant... Mais non, t'aime mieux te r'poſer... Tiens, vois-tu, t'as jamais ſu rien faire que des bêtiſes... & t'as d'l'amour-propre, encore !

ZOÉ.

J'vas t'dire...

THÉODORE.

M'approche pas, tu pues... Mais, j'y penſe, j'ai deux mots n'à vous dire. Quoi qu'c'eſt, ſi vous plaît, de c't'individu qu'on cauſait, avec, hier au ſoir, cont' Saint-Euſtache, ſous l'coup d'neuf heures ?

ZOÉ.

Un particulier que j'connais pas.

THÉODORE.

Pas vrai !

ZOÉ.

J'te dis...

THÉODORE.

Moi aussi, j'te dis... j'te dis qu'tas bu !

ZOÉ.

Mais, quant à ce que...

THÉODORE.

Tu vas pas t'taire !... C'était un amant : il était mal mis, il avait eune veste... Que j't'y r'prenne, à m'faire des queues... j't'envoye en paradis !

ZOÉ.

J'te jure sus ma mère...

THÉODORE.

L'invoque pas, a n'a qu'faire là dedans ; a l'est morte, on l'a enterrée, a r'pose, la réveille pas.

ZOÉ.

Faut donc pus rien dire ?

THÉODORE.

Faut obéir, faut s'taire, ou des coups... tu m'connais!... Pas un mot, réplique pas, ou j'commence... J'aime pas les diſcours, tu ſais... j'les ai même jamais aimés... taiſons-nous! — Y a-t'y longtemps qu't'as vu Polyte? réponds!

ZOÉ.

Qui ça, Polyte?

THÉODORE.

Bon! v'là qu'tu t'rappelles pus de rien; nous allons rire.

ZOÉ.

Connais pas.

THÉODORE.

Tu connais pas? En v'là eune ſévère, tu connais pas! Qu'a travaillé longtemps dans l'Var, en panetot d'couleur * & pantalon jaune, l'amant à boyau vert... en as-tu aſſez? en v'là, me ſemble, des renſeignements!

ZOÉ.

Pas Polyte, *la Gogotte*.

* Coſtume de forçat.

THÉODORE.

Lui-même. Y a longtemps qu'tu l'as vu?

ZOÉ.

J'sais pus comben.

THÉODORE.

En c'cas, serche à l'voir, tu verras par toi-même si c'est pas vrai. J'aime putôt pas Dieu qu'j'invente rien!... Un chapeau, d'abord, sus sa tête, comme j'en ai peu vu; du linge... & du fin, eune cravate, eune toquante * avec ses breloques, un lorgnon, eune canne, un gilet à boutons d'or... est-ce que j'sais tout c'qu'il a pas?... eune redingote blanche qu'y a d'l'écossais d'dans, un pantalon à sous-pieds, un foulard, des gants, eune pipe en écume, des chaussettes & des bottes!

ZOÉ.

Tout ça?

THÉODORE.

Tout ça, & d'l'argent dans sa poche; oui, tout ça, salope! Et moi, nom d'un... quoi que j'possède, j'te l'demande? Si j'ai pas

* Une montre.

d'vermine, c'eſt pas ta faute. En fait d'chapeau, j'ai eune caſquette... & eune belle, j'm'en moque! En fait d'redingote, eune veſte. Un pantalon, qu'le commiſſaire m'a déjà fait dire qu'on voyait c'que j'portais; des gilets, j'en manque, j'en ai jamais évu avec toi; des bottes qui r'niflent, quand j'marche pas ſus ſes tiges... Et j'ai eune maîtreſſe !

ZOÉ.

C'eſt-y ma faute, ſi j'ai maigri!

THÉODORE.

C'eſt-y la mienne?... Tiens, vois-tu, réplique pas, ou j't'abats!

ZOÉ.

Comme ça, tu m'prends tout?

THÉODORE.

J'prends c'qui me r'vient. Avec ça qu'y a gras!... J'te laiſſe ta nuit, j'vas m'coucher; travaille, c'que tu ramaſſeras, c'eſt pour toi.

ZOÉ.

Du froid qui fait? Merci! J'voudrais t'y

voir, tu rirais... Pu ſouvent, que j'vas en avoir, à l'heure qu'il eſt, d'l'ouvrage !

THÉODORE.

Après ?

ZOÉ.

Tiens ! t'es pas raiſonnable, vois-tu ?

THÉODORE.

On me l'a dit avant toi.

ZOÉ.

Tu dis qu'j'ai bu.

THÉODORE.

Je l'répétrai quand tu voudras.

ZOÉ.

V'là tout à l'heure deux jours que j'ai pas pris d'eau-de-vie c'qu'entrerait dans n'ein dé.

THÉODORE.

Tiens, va-t'en ! t'es trop laide à voir.

ZOÉ.

V'là tois nuits que j'couche dehors.

THÉODORE.

Eh ben ?

ZOÉ.

On veut pus d'moi dans mon garni; on m'ouvre pas : j'y dois tois francs.

THÉODORE.

Ça me r'garde pas, engraiſſe.

ZOÉ.

J'ſuis ben heureuſe, c'eſt pas l'embarras!

THÉODORE.

En v'là aſſez! mes amitiés chez vous; m'embête pas, j'vas m'coucher.

ZOÉ.

Et tu m'laiſſes...

THÉODORE.

Faut-y pas t'tenir compagnie? Merci!

ZOÉ.

Sans rien?

THÉODORE.

Et les manches pareilles.

ZOÉ.

Eh ben, c'eſt gentil! — Dis donc!

THÉODORE.

Pas l'temps.

ZOÉ.

Me v'là putain pour l'honneur !

UNE NUIT
DANS UN BOUGE

UNE NUIT
DANS UN BOUGE

UN COIN DE RUE
du quartier de la Cité.

MÉLIE, HÉLÈNE, JULIE, PAULINE, *filles allant et venant.* — LA BONNE, *ſur une chaiſe, à la porte de l'établiſſement.* — UN PASSANT.

MÉLIE, *au Paſſant.*

Dites donc, bel homme, voulez-vous monter chez moi? ſuis ben aimable; v'nez, vous en ſerez pas fâché. — Palle donc, as-tu pas peur qu'on te mange ? — Oui, tu veux bien ? — Attends, j'vas paſſer la première. (*Elle entre dans l'établiſſement, ſuivie du Paſſant.*)

LA BONNE.

Qui donc qui rentre là avec Mélie ?

HÉLÈNE.

J'en ſais rien, un voiſin.

JULIE.

Alle eſt ben heureuſe d'rentrer ; j'aimerais ben d'rentrer auſſi : rien qui m'chiffonne plus comme d'êt' dehors quand y pleut !

HÉLÈNE.

Tant qu'à moi, j'aime core mieux la pluie que quand y gèle.

PAULINE.

Toujours approchant la même choſe.

SUR L'ESCALIER

LA FILLE, LE PASSANT.

LA FILLE.

Par ici, mon bibi; prends mon jupon, craint' de tomber dans les escaliers. Arrive, mon trésor; t'impatiente pas : j'vas t'conduire, aie pas peur; c'est pas haut, tu vas voir. — La veilleuse s'a éteint; on l'a pas rallumée; on l'y voit goutte. — Attends, bouge pas; j'ai su moi des allumettes, j'vas t'faire lumière. — Y vois-tu, mon lulu?

LE PASSANT.

Non, j'y vois pas.

LA FILLE.

Avance encore... encore... encore un peu... Là, tu y es.

DANS LA CHAMBRE

LA FILLE, LE PASSANT.

LE PASSANT.

C'eſt pas malheureux!

LA FILLE.

Nous y v'là. Tu vois, mon bibi, c'eſt pas haut. — Dis donc, chéri!

LE PASSANT.

De quoi?

LA FILLE.

Vas-tu m'faire ben riche?

LE PASSANT.

Comben qui t'faut.

LA FILLE.

C'que tu voudras.

LE PASSANT, *lui remettant de l'argent.*

Tiens, en as-tu aſſez ? t'en faut-y encore ?

LA FILLE.

Eh ben ! merci !

LE PASSANT.

Es-tu contente ?

LA FILLE.

Si j'ſuis contente ?... Ah çà ! tu veux rire, pas vrai ?... Si j'ſuis contente ?... Dix francs !... La première fois qu'ça m'arrive ! Merci ! j'ſuis contente ! — Comben qui faut t'rend', mon bibi ?

LE PASSANT.

Garde tout, j'paſſe la nuit.

LA FILLE.

Alors, te gêne pas... t'as payé, t'es chez toi... Ote tes effets, hardi ! mets-toi à ton aiſe. — Quoi qu'tu veux faire, dis... dis-le ?

LE PASSANT.

Rien.

LA FILLE.

Oui, mon prince, comme tu voudras...

J'ai jamais aimé à contrarier les gens... Tu verras, quand tu m'connaîtras... j'ſuis ben ſûre d'eune choſe, c'eſt qu'tu r'viendras. — Dis donc, mon bichon ?

LE PASSANT.

Après ?

LA FILLE.

V'là pus d'un bon quart d'heure que j'te vois batt' le pavé d'vant la porte... T'avais l'air d'pas oſer entrer. Pourquoi ça, qu't'oſais pas rentrer, dis ? t'es donc marié ?

LE PASSANT.

Non, & j'veux pas l'être.

LA FILLE.

T'es du quartier ?

LE PASSANT.

Ma foi, non.

LA FILLE.

Enfin, n'importe ; t'es pas cauſeur, v'là tout... Comme tu voudras, tends-tu ?... Va t'êt' onze heures, j'deſcends pus... Nous allons nous coucher, dis, veux-tu ?

LE PASSANT.

J'ſuis v'nu pour ça.

LA FILLE.

T'es fatigué ?

LE PASSANT.

J'me tiens pus ſu mes jambes.

LA FILLE.

Moi, la même choſe... tois nuits que j'paſſe à boire & à manger.. J'en peux pus. — Dis donc ?

LE PASSANT.

Eh ben ?

LA FILLE.

Tu m'plais, non, parole. Écoute, j'ai pas d'amant... veux-tu me l'êt' ? J'te d'mande pas d'argent, au contraire... Tu viendras quand tu voudras, dans l'jour, n'importe; je l'dirai à Madame... a dira rien. Si t'es bon enfant, comme t'en as l'air, nous pourrons nous amuser... Dis, veux-tu ?

LE PASSANT.

Non.

LA FILLE.

T'as quéqu'un ?... oui ?... N'en parlons

pus... Mon p'tit homme, t'es contrarié; t'as quét' chose que tu veux pas m'dire... T'es contrarié, pas vrai?... Quoi qu'tas?

LE PASSANT.

J'ai qu'j'ai soif, v'là c'que j'ai.

LA FILLE.

Tu pouvais pas l'dire? J'vas t'faire à boire, mon minet, & tout d'suite... Pourquoi tu l'disais pas? J'suis donc pus ta p'tite femme, mon chéri?... Ah! t'as soif, cher trésor, & tu me l'disais pas!... si soif que ça!

LE PASSANT.

J'en crève!

LA FILLE.

T'as chauffé l'four, pas vrai, brigand! t'es n'en ribote?... J'connais ça, vu qu'ça m'arrive encore pu souvent qu'à mon tour. — Dis donc, faut que j'te prévienne d'eune chose.

LE PASSANT.

Laquelle?

LA FILLE.

J'ai pas d'vin.

LE PASSANT.

J'm'en moque.

LA FILLE.

Me reſte un peu d'eau d'af *; j'vas t'en mett' avec du ſuc'; pas mauvais, ça te r'mettra. — Tiens, v'là qu'eſt fait; avale, mon tréſor; c'eſt pas à mépriſer.

LE PASSANT.

Merci.

LA FILLE.

A ton ſervice, ma biche. — Si ça n'te fait rien, mon ange, j'vas ſouper.

LE PASSANT, *avec vivacité.*

Tu ſouperas pas! j'te défends d'ſortir! j'veux pas qu'tu ſortes! tu ſortiras pas, entends-tu?

LA FILLE.

Mais j'ſors pas, mon ange, j'ſors pas... d'autant que j'm'ai monté mon ſouper. Tiens, tu vois, des lentilles en ſalade & d'la viande... Si t'en veux, te gêne pas; tu ſais, pas d'cérémonies avec moi!

* Eau-de-vie.

LE PASSANT.

Ben obligé, j'ſors d'en prendre.

LA FILLE.

A ſont bonnes, va ! aie pas peur !... Ce qu'nous avons d'bon ici, c'eſt d'êt' ben nourries. Si on a du mal, on n'meurt pas d'faim, comme dans des maiſons qu'j'ai été. D'abord, de tout c'que mange Madame, a nous en donne ; ça, pas d'préférence. Des fois, a crie, a jure, a tempête, a fait les cent dix-neuf coups... c'eſt d'la laiſſer faire, rien y dire : la main tournée, alle y penſe pus ; au fond, pas mauvaiſe. — A ſont à la graiſſe, les lentilles ; au beurre, j'les aime pas, & toi ?

LE PASSANT.

Ça m'eſt égal. — Encore à boire !

LA FILLE.

Encore !... Tiens, mon bibi... T'as pas mal au cœur ?

LE PASSANT.

Non.

LA FILLE.

Dame ! on ſait ben c'que c'eſt, pas vrai ?...

D'ces chofes qu'arrivent à tout l'monde. Moi, quand j'ai fait la noce, faut que j'rende.— J'ai fini, vois-tu... tu vois, c'eft pas long. Comme c'eft drôle ! j'croyais qu'j'avais faim... j'ai pas faim. — Fais-moi un peu d'place, mon tréfor, que j'me couche. Prends l'oreiller, j'm'en fers pas ; prends, mon ange.

LE PASSANT.

Non, merci.

LA FILLE.

Prends-le, j'te dis... Non ?... Décidément t'en veux pas ? dis, bibi, t'en veux pas ? ben vrai ?

LE PASSANT.

Vas-tu m'fiche la paix, à la fin !

LA FILLE.

Oui, tréfor, te fâche pas. Tiens, v'là l'cas qu'j'en fais, fous mes pieds. — Donne que j'arrange un peu ta tite tête... Es-tu bien, dis ?

LE PASSANT.

Oui.

LA FILLE.

Effaye à dormir un peu, mon ange, ça te

r'mettra. J'ai ben peur de n'pas dormir, tant qu'à moi. — Dis donc, tu croirais point n'eune chofe ?

LE PASSANT.

Quoi qu'c'eft ?

LA FILLE.

J'ai la colique ; ça m'gargouille dans mon vent'e comme fi qu'on m'tordait les boyaux. J'crains qu'ça foye le choléra... Pourtant, l'garçon au marchand d'vin, qui l'a évu, dit qu'non... J'fuis guère hureufe ; j'l'ai autant dire jamais été... eh ben, non, j'aimerais pas d'mourir ; arrange ça ; & toi ?

LE PASSANT.

J'y tiens pas.

LA FILLE.

Songe un peu à l'âge que j'ai : pas dix-neuf ans !

LE PASSANT.

T'as pas dix-neuf ans ?

LA FILLE.

Parole d'honneur ! J'les parais-t'y ?

LE PASSANT.

J'en fais rien.

LA FILLE.

J'crois ben, d'puis deux heures qu't'es ici, tu m'as pas core regardée. Oui, mon tréſor, dix-neuf ans ! S'entend, j'les ai pas ; j'les aurai qu'à la Saint-Jean, dans deux mois. — Écoute, quand j'ai commencé, j'en avais quinze... La faute à mon beau-père, ſi j'ſuis c'que j'ſuis ! Ma mère était morte ; il avait évu mes deux ſœurs, il a voulu m'avoir. J'ai pas voulu. Y m'a battue, diſant que j'l'avais volé. J'mai enſauvée. C'était en hiver. Dame ! j'avais pas chaud ; j'crevais la faim. J'me mets à connaît' un vieux, encore un aut'... un troiſième, & pis, & pis... Si ben qu'eune nuit... c'était hors barrière... on m'ramaſſe. De là, au dépôt... Quand j'ai ſorti, j'étais putain. J'avais un enfant, un garçon ; il eſt mort !... J'crois ben, j'nourriſſais ; l'idée de m'ſavoir inſcrite, ça m'avait tourné mon lait... C'eſt eune drôle d'hiſtoire, va, que la mienne ! Si jamais tu deviens mon amant, j'te la conterai ; tu riras. — Dieu! qu'j'ai donc mal au ventre !... Ça t'embête, pas vrai, bijou, d'm'entend' ſouffrir !

LE PASSANT.

Non, ça n'me fait rien.

LA FILLE.

Dors un peu, ma biche, ça va p'têt' ſe paſſer. — Tu n'ſais pas n'eune choſe ? quand j'ai ben mal quét' part, j'fais ma prière ; me ſemble qu'ça m'ſoulage ; & toi ?

LE PASSANT.

Moi, pas.

LA FILLE.

Dis donc ?

LE PASSANT.

Après ?

LA FILLE.

Quoi donc qu'tu peux ben être, dis, ma biche ?

LE PASSANT.

J'en ſais rien.

LA FILLE.

T'es blanc, t'as la peau douce, t'as pas d'durillons aux mains. T'as pas d'état ?

LE PASSANT.

J'ſuis p'têt' voleur.

LA FILLE.

Dame ! faut ben qu'y en ait !... Quoi qu'ça m'fiche, au bout du compte ? tu m'voleras pas, j'ai rien; tout c'que j'ai ſus moi eſt à la maiſon... Comme on dit, y a pas d'ſot métier... tant mieux, ſi t'es voleur. Il ont rien à eux, c'eſt pas des faignants, y travaillent. Un voleur, quand y vole un malheureux, c'eſt bête; mais du moment qu'c'eſt un riche, pain bénit. Où qu'eſt l'mal, après tout? On béquille, on s'amuſe, on s'donne du bon temps, on oublie ſa miſère; toujours ça d'gagné.

LE PASSANT.

Oui, mais, à préſent que j't'ai tout conté, tu vas m'dénoncer?

LA FILLE.

Moi? pu ſouvent, jamais! Tiens, à preuve, j'étais t'à Saint-Lazare; j'm'étais battue; j'en avais pour un mois... Mon homme paſſe par Paris, y vient m'voir... car, j'te l'avais pas dit, j'ſuis mariée à un libéré... Tu vois qu'ſans préciſément en êt', j'ſuis ein brin du métier... Mais, j'y penſe, tu dois l'connaît', mon mari? Morin, qu'on l'appelle?

LE PASSANT.

Non.

LA FILLE.

Tu connais pas, Morin, qu'eſt d'la police?... qui vit à Rouen, rue Ricardière, cont' la rue aux Ours, avec eune femme qui tient eune maiſon? *la Trempette*, ſon p'tit nom?

LE PASSANT.

Quand on t'dit qu'on ne l'connaît pas! ça va-t'y durer longtemps?

LA FILLE.

Te fâche pas, bijou, te fâche pas. Si ben, pour t'achever, y m'dit, dit-y, mon homme...

LE PASSANT.

Après?

LA FILLE.

Y m'dit, qui m'dit : T'es coffrée; ſi tu veux t'en ſortir, tient qu'à toi. — Comment, tient qu'à moi? qu'j'y dis. — Tient qu'à toi, qui dit; t'as qu'eune choſe à faire. — Laquelle? que j'dis. — Tu diras qu'tu l'as vu, qu'tu l'connais; il en a pour dix ans, & tu ſors. — Moi, que j'dis, merci, j'en mange pas, de c'pain là... Et c'était mon mari, qu'avait droit d'vie et d'mort ſus moi...

J'en ai pour un mois à faire... quand j'dis un mois, j'en ai pour vingt-cinq jours, pis qu'j'en ai fait cinq... & pour vingt-cinq jours j'vas y en fiche pour dix ans, à c't'homme que je n'connais pas, que j'ai jamais vu, qui m'a jamais fait d'mal ! Ben obligé, pas aujord'hui ! J'ferai mon mois et j'aurai pas ça à me r'procher. — Vaut p'têt' mieux qu'toi, que j'ajoute. Faut qu'il en aie déjà pas mal ſus l'corps, pour qu'on y en mette encore pour dix ans ſur un menſonge ! Laiſſons-le tranquille, j'dirai rien. J'ai rien dit. — Dieu ! mon loulou, comme t'as la peau douce ! T'es p'tit, t'es pas grand, mais t'es tout ners. Tu dois pas n'êt' commode, néanmoins ; quand t'es t'en colère, ça doit mal aller ?

LE PASSANT.

Pas ſouvent, que j'm'y mets.

LA FILLE.

Tout comme moi ; mais quand tu t'y mets, tu y es ben, pas vrai ?... gare là-deſſous !

LE PASSANT.

Ça, oui.

LA FILLE.

Que j'te conte. J'ſuis pas grande, j'ai l'air de rien; n'empêche que faut me rien dire; tu vas voir. Ma ſœur, la ſeconde, Pauline, qu'a deux fois la tête de plus qu'moi, & forte à proportion... Tu l'as p'têt' vue en bas? eune blonde? *la grande Guibolle*, qu'on la nomme? tu l'as pas vue?

LE PASSANT.

Non.

LA FILLE.

Un ſoir, pour t'en finir, ſans rime ni raiſon... j'y avais rien dit ni rien fait... v'là qu'a s'met à m'fiche des giffes... mais, en veux-tu, en voilà! — C'eſt pas gentil, qu'j'y dis, c'que tu fais là, d'autant qu't'es pas bue... c'eſt même aſſez bête. Si j'te le rends pas, c'eſt uniquement paſceque t'es ma ſœur. Mais y a ici la groſſe Irma, un coloſſe; j'vas t'y aller conter qu'alle a dit du mal de toi... c'eſt pas vrai... & j'te vas t'la moucher, mais... d'importance, aie pas peur; à celle fin de t'prouver comme quoi j'crains perſonne & qu'j'ai point core rencontré mon maître. — Mon cher, j'deſcends dans la rue;

a y était qui f'ſait l'trottoir. C'était pas mon tour; ça n'fait rien, j'deſcends tout d'même; j'te vas au-devant d'elle, j'débute par y cracher à la figure en l'y diſant : Ah! t'as dit ça & ça d'ma ſœur! faut que j'te corrige. Pan, pan! j'tombe ſus ſa carcaſſe ſans y donner ſeulement l'temps d'ſe r'connaître; j't'y enfonce toutes les dents d'ſon peigne dans ſa tête, j'y déchire ſa figure, je t'l'étale tout d'ſon long dans le ruiſſeau. On m'l'enlève des mains, j'l'aurais finie... Pis j'viens à ma ſœur, qui r'gardait tout ça ſus l'pas d'la porte, & j'y dis : Tu dois voir, d'après ça, c'que j'aurais pu t'faire, ſi j'avais voulu; mais non, t'es ma ſœur, t'es mon ſang, j'ai pas voulu; baiſe-moi, j'te pardonne, j't'en veux pus, j'm'ai vengée.

LE PASSANT.

T'es eune bonne fille.

LA FILLE.

Pas que j'ſoie bonne, mais pas méchante; quand on n'me fait pas d'mal, jamais j'en fais; j'en ai même jamais fait. — Dis donc, chéri, pis qu't'es t'en train de rien faire, moi non plus, & que j'ai toujours mal dans mon ventre, ſi nous tâchions d'pioncer * un peu ? Dis, veux-tu ?

LE PASSANT.

Ç'eſt pas l'embarras, j'ai pu envie d'dormir qu'aut' choſe... Je n'ſais vraiment pas c'que j'ſuis v'nu fiche ici. J'ai pas été hureux, aujord'hui; j'aurais mieux fait de rien faire.

LA FILLE.

Comment ça ?

LE PASSANT.

J'croyais faire un bon coup, qui m'ſemblait marcher tout ſeul.

LA FILLE.

T'as été ſurpris ?

LE PASSANT.

Ben mieux, j'ai peur d'avoir tué un homme.

LA FILLE.

En v'là d'l'ouvrage !... Eh ben ! eſt-y mort ?

* Dormir.

LE PASSANT.

J'en ſais rien; j'étais ſui *; j'ai pas évu l'temps d'y d'mander... Et tout ça pour eune femme qui n'te valait probablement pas.

LA FILLE.

Mariée?

LE PASSANT.

C'était ſon mari.

* J'étais suivi.

LES

MISÈRES CACHÉES

LES

MISÈRES CACHÉES

(*A Paris, dans une Chambre à coucher.*)

M. THOMASSU ; ADRIEN, *son petit-fils, âgé de quatre ans.*

MONSIEUR THOMASSU.

Eh ben ! monſieur, allons-nous décidément en finir ?

ADRIEN.

Oui, grand-papa, ze vas me touſſer.

MONSIEUR THOMASSU.

Vous allez vous coucher, vous allez vous

coucher... il y a une heure que vous auriez dû le faire, au lieu de me tenir, comme vous me tenez, des éternités à écouter vos ſornettes !

ADRIEN.

Grand-papa, ce ſont pas des ſonnettes.

MONSIEUR THOMASSU.

Je parle au figuré.

ADRIEN.

Grand-papa !

MONSIEUR THOMASSU.

Eh ben ?

ADRIEN.

T'aime beaucoup, beaucoup, beaucoup !

MONSIEUR THOMASSU.

Vous me permettrez d'en douter.

ADRIEN.

Non, grand-papa, te promets.

MONSIEUR THOMASSU.

En tout cas, vous ne me le prouvez guère.

ADRIEN.

Te le prouverai.

MONSIEUR THOMASSU.

Vous ne l'avez point encore fait; peut-être, & j'aime à le croire, ſont-ce les occaſions qui ne ſe ſont pas offertes; toujours eſt-il que je ne demande point l'impoſſible : ſoyez ſage & raiſonnable, je n'exige pas autre choſe.

ADRIEN.

Grand-papa, z'ai été bien chaze auzord'hui.

MONSIEUR THOMASSU.

Pourquoi, alors, ne pas toujours l'être, quand vous ſavez d'avance combien cela me fait plaiſir?

ADRIEN.

C'eſt mon mauvais démon qu'en eſt cauſe.

MONSIEUR THOMASSU.

Allons donc!

ADRIEN.

Oui, grand-papa, c'eſt mon mauvais démon qui me fait faire des ſottises.

MONSIEUR THOMASSU.

Sachez que je n'y crois pas, au mauvais démon; c'eſt un prétexte qu'invoquent tous les enfants déſobéiſſants pour ne point remplir leurs devoirs. Il n'existe pas de mauvais démons, & la preuve c'eſt que jamais je n'en rencontrai.

ADRIEN.

A préſent, grand-papa, je ſerai bien chaze.

MONSIEUR THOMASSU.

Ça me paraît tellement en dehors de vos habitudes, que je n'oſe y croire.

ADRIEN.

Tu verras ſi ze ſuis pas chaze.

MONSIEUR THOMASSU.

L'événement nous le prouvera. — Maintenant, venez vous aſſeoir.

ADRIEN.

Pourtoi faire?

MONSIEUR THOMASSU.

Vous allez le voir. — Commençons par

retirer votre culotte. — C'eſt ſi joli, un petit garçon bien ſage & bien raiſonnable ; je ne connais rien au monde d'auſſi beau !

ADRIEN.

Te l'étais t'y tu, bien chaze & bien raiſonnable, quand tu l'étais petit garçon, grand-papa ?

MONSIEUR THOMASSU.

Je crois que oui.

ADRIEN.

Ah ! grand-papa ! grand-papa !

MONSIEUR THOMASSU.

Quoi ? Que vous arrive-t-il ?

ADRIEN.

Tu m'as fait du mal, tu m'as fait du mal !

MONSIEUR THOMASSU.

Vous en impoſez.

ADRIEN.

Si, grand-papa, tu m'as fait tout plein du mal !

MONSIEUR THOMASSU.

Où ?

ADRIEN.

A ma zambe.

MONSIEUR THOMASSU.

Vous mentez !

ADRIEN.

Non, grand-papa, ze mens pas.

MONSIEUR THOMASSU.

Où eſt le ſiége de votre mal ? Montrez-le-moi, je veux le voir.

ADRIEN.

Par ici. — Tu vois pas ?

MONSIEUR THOMASSU.

Je ne vois exactement rien.

ADRIEN.

A ma zambe.

MONSIEUR THOMASSU.

J'ai beau regarder. — Bon ! vous avez encore une fois déchiré votre culotte !

ADRIEN.

Z'ai déciré ma culotte ?

MONSIEUR THOMASSU.

Voyez s'il eſt poſſible de mettre une culotte dans un pareil état ! Tenez ! du haut en bas !

ADRIEN.

C'eſt pas ma faute.

MONSIEUR THOMASSU.

Ce qu'il y a de certain, c'eſt qu'elle n'eſt plus mettable...

ADRIEN.

Ça ſera quand z'aurai tombé à l'école.

MONSIEUR THOMASSU.

Je doute même qu'il vous ſoit jamais poſſible de la remettre.

ADRIEN.

Faudra la donner à ma bonne, tends-tu ?

MONSIEUR THOMASSU.

Ce ne ſont pas mes affaires ! Vous l'euſſiez

fait exprès, ce que je ne puis admettre, vous n'auriez pas mieux réuſſi ; elle ne tient plus qu'à un fil.

ADRIEN.

Puiſque te dis que c'eſt à l'école !

MONSIEUR THOMASSU.

Pas d'aigreur, s'il vous plaît, ne me jetez pas les paroles au nez, ou je vous tire ma révérence.

ADRIEN.

Ze te zette pas les paroles au nez !

MONSIEUR THOMASSU.

Pardonnez-moi.

ADRIEN.

Puiſque te dis que c'eſt pas ma faute !

MONSIEUR THOMASSU.

J'entends parfaitement, Dieu merci, je ne ſuis pas ſourd. — Et vos bas ? Vous n'allez pas, je penſe, vous mettre au lit avec vos bas ?

ADRIEN.

Non, grand-papa.

MONSIEUR THOMASSU.

Dans quoi avez-vous marché ?

ADRIEN.

Dans quoi que z'ai marcé ?

MONSIEUR THOMASSU.

Oui !

ADRIEN.

Ze ſais pas.

MONSIEUR THOMASSU.

Dans le ruiſſeau, que vos pieds ſont tout humides ?

ADRIEN.

Ze ſais pas.

MONSIEUR THOMASSU.

Si vous ne le ſavez pas, qui donc le ſaura ? — Comme ſi vous les aviez trempés dans l'eau ! C'eſt à les tordre. — Votre bonne ne vous a donc point fait changer de chauſſettes, quand vous êtes rentré ?

ADRIEN.

Alle a dit qu'alle avait pas l'temps.

MONSIEUR THOMASSU.

On le lui a pourtant aſſez recommandé. — Et votre bonnet de nuit ?

ADRIEN.

Ze ſais pas.

MONSIEUR THOMASSU.

Où diable l'a-t-elle fourré ?

ADRIEN.

Ze ſais pas.

MONSIEUR THOMASSU.

Vous ne ſavez jamais rien; c'eſt inſupportable ! — Si chaque fois on remettait les choſes à leur place, on ne ſerait pas toujours à courir après.

ADRIEN.

Sus mon lit, grand-papa, as-tu ſerché ſus mon lit ?

MONSIEUR THOMASSU.

Je ne vois rien ſur votre lit.

ADRIEN.

Sus le lit à maman Lulu ?

MONSIEUR THOMASSU.

Pourquoi ne pas m'envoyer tout de ſuite à Limoges ou au Canada, pendant que vous y êtes.

ADRIEN.

Tiens, grand-papa!

MONSIEUR THOMASSU.

Vous le voyez ?

ADRIEN.

Sus la commode.

MONSIEUR THOMASSU.

Je veux être pendu ſi je l'euſſe jamais deviné là.

ADRIEN.

C'eſt Zulie qui l'aura mis là.

MONSIEUR THOMASSU.

Attendez que je vous le mette... Un inſtant donc, un inſtant, que je noue vos cordons.

ADRIEN.

Grand-papa, tu m'étrangles.

MONSIEUR THOMASSU.

Laiſſez donc !

ADRIEN.

Bien vrai !

MONSIEUR THOMASSU.

Je n'ai jamais vu perſonne d'auſſi douillet.

ADRIEN.

Pourtoi tu m'étrangles ?

MONSIEUR THOMASSU.

Et vous voulez être militaire ! Beau militaire, ma foi ! Si je ne nouais pas vos cordons, vous auriez la tête nue, & vous ſavez que madame votre mère n'aime pas cela.

ADRIEN.

Tite maman Lulu !

MONSIEUR THOMASSU.

C'eſt toujours par là que vous vous enrhumez.

ADRIEN.

Pas tite maman Lulu, c'eſt toi, grand-papa, qui veut pas que ze ſoye ſans bonnet.

MONSIEUR THOMASSU.

Mettons que j'en ai menti & n'en parlons plus.

ADRIEN.

Z'ai pas dit ça.

MONSIEUR THOMASSU.

Non, mais c'eſt à peu près tout comme. — Dites moi ?

ADRIEN.

Grand-papa ?

MONSIEUR THOMASSU.

Avant de vous mettre au lit, avez-vous bien pris toutes vos précautions ?

ADRIEN.

Oui, grand-papa, ze les ai tous pris.

MONSIEUR THOMASSU.

Priſes, ſi vous voulez bien.

ADRIEN.

Z'ai beſoin de rien.

MONSIEUR THOMASSU.

Vous me le promettez ?

ADRIEN.

Ze te le promets.

MONSIEUR THOMASSU.

Bien vrai ?

ADRIEN.

Bien vrai !

MONSIEUR THOMASSU.

J'en prends acte.

ADRIEN.

Grand-papa !

MONSIEUR THOMASSU.

Eh ben ?

ADRIEN.

Tu me borderas-t'y ?

MONSIEUR THOMASSU.

Nous verrons ça.

ADRIEN.

Tant ze ferai touffé ?

MONSIEUR THOMASSU.

Bien entendu. Et votre chemise de nuit, que vous oubliez.

ADRIEN.

Ma ſemiſe de nuit?

MONSIEUR THOMASSU.

Oui, où l'avez-vous miſe?

ADRIEN.

Ze l'ai pas vue.

MONSIEUR THOMASSU.

Vous ne l'avez pas vue?

ADRIEN.

Non, grand-papa.

MONSIEUR THOMASSU.

Où la trouver, à préſent?

ADRIEN.

Ma bonne l'aura ſerrée.

MONSIEUR THOMASSU.

C'eſt probable, puiſque je ne la vois pas.

ADRIEN.

Tiens, grand-papa, ſus le fauteuil.

MONSIEUR THOMASSU.

Sur quel fauteuil ?

ADRIEN.

Cont' la ſeminée.

MONSIEUR THOMASSU.

Je la vois.

ADRIEN.

Tand ze te diſais.

MONSIEUR THOMASSU.

Vous aviez beau me dire, je ne la voyais pas. — Maintenant, faites-moi le plaiſir de la paſſer, que nous en finiſſions. — Baiſſez un peu les bras.

ADRIEN.

Pourtoi faire ?

MONSIEUR THOMASSU.

Pour vous la paſſer.

ADRIEN.

Tu me feras pas de mal ?

MONSIEUR THOMASSU.

Comme si, de ma vie, je vous en avais fait !

ADRIEN.

Tout à l'heure, tu m'as fait tout plein du mal à ma zambe.

MONSIEUR THOMASSU.

Ça n'est pas vrai.

ADRIEN.

Si, grand-papa.

MONSIEUR THOMASSU.

Allez-vous enfin vous mettre au lit ?

ADRIEN.

Grand-papa !

MONSIEUR THOMASSU.

Eh ben ?

ADRIEN.

Monte-moi.

MONSIEUR THOMASSU.

Comment, que je vous monte ?

ADRIEN.

Monte-moi dans mon lit, t'en prie.

MONSIEUR THOMASSU.

A votre âge! Allons donc! vous plaiſantez, je crois.

ADRIEN.

Non, grand-papa, ze ne plaiſante pas.

MONSIEUR THOMASSU.

Je vous dis que ſi! — Voyons, ſera-ce pour aujourd'hui?

ADRIEN.

T'en prie, grand-papa, monte-moi.

MONSIEUR THOMASSU.

Si je le fais, c'eſt uniquement pour ne pas reſter ici juſqu'à demain.

ADRIEN.

Merci, grand-papa.

MONSIEUR THOMASSU.

Tout ça, des mauvaiſes habitudes; à votre

âge, jamais monſieur votre père n'aurait voulu qu'on le mît au lit.

ADRIEN.

Tit papa Lulu ?

MONSIEUR THOMASSU.

Certainement; il ſe mettait au lit tout ſeul, comme un grand garçon, ſans avoir recours à perſonne.

ADRIEN.

C'était donc pas toi, grand-papa, qui le touſſait ?

MONSIEUR THOMASSU.

Non, certes, ce n'était pas moi ! D'abord, il n'était pas mon petit-fils; c'était mon fils, & jamais ſa maman n'aurait ſouffert que ſon beau-père ſe mêlat de ces choſes-là, qu'elle avait bien trop de ſavoir-vivre pour ça, la pauvre femme !

ADRIEN.

Ma grand'mère qu'eſt morte ?

MONSIEUR THOMASSU.

Malheureuſement.

ADRIEN.

Grand-papa !

MONSIEUR THOMASSU.

Eh ben ?

ADRIEN.

Son grand-père, à papa Lulu, était-y meſſant ?

MONSIEUR THOMASSU.

S'il était méchant ?

ADRIEN.

Oui.

MONSIEUR THOMASSU.

Bon comme le bon pain, le meilleur des hommes.

ADRIEN.

Y te donnait-y tout plein, tout plein des gâteaux ?

MONSIEUR THOMASSU.

Toutes les fois que je le méritais.

ADRIEN.

Tu m'en donnes zamais, grand-papa, des gâteaux, zamais, zamais, zamais !

MONSIEUR THOMASSU.

Parce que jamais vous ne vous êtes mis dans ce cas-là. Non, bien ſûr, mon père n'eût point toléré que ſon petit-fils lui fît ſubir tous les ennuis dont vous m'abreuvez; non, certainement, il ne l'eût point toléré. — Ah çà! pendant que nous y ſommes, avez-vous encore quelque choſe à me faire faire?

ADRIEN.

Non, grand-papa.

MONSIEUR THOMASSU.

C'eſt fort heureux!

ADRIEN.

Grand-papa, tu l'embraſſes pas ton petit garçon?

MONSIEUR THOMASSU.

Je vous ai déjà embraſſé, ce me ſemble.

ADRIEN.

Ze voudrais te tu m'embraſſes encore.

MONSIEUR THOMASSU.

Tout cela des ſingeries & des enfantillages dont je ne ſuis pas dupe ; c'eſt pour gagner du temps.

ADRIEN.

Non, grand papa, te promets, ce ſont pas des ſinzeries ni des enfantillazes ; tu m'as pas embraſſé depuis te ze ſuis dans mon lit.

MONSIEUR THOMASSU.

Faudra donc toujours faire toutes vos volontés ?

ADRIEN.

Merci, grand-papa, te remercie bien. — Tiens, regarde comme ze vais bien dormir, comme ze ferme bien les yeux, tiens, vois-tu ? Tu regardes pas ?

MONSIEUR THOMASSU.

Je m'en rapporte à vous.

ADRIEN.

Ah ! grand-papa ?

MONSIEUR THOMASSU.

Eh ben ! qu'eſt-ce encore ?

ADRIEN.

Tu ſais pas ?

MONSIEUR THOMASSU.

Non, comment voulez-vous que je ſache ?

ADRIEN.

Z'ai pas fait ma prière.

MONSIEUR THOMASSU.

Vous n'avez pas fait votre prière ?

ADRIEN.

Non, grand-papa, tu ſais bien que ze l'ai pas faite ?

MONSIEUR THOMASSU.

Je ne me le rappelle pas.

ADRIEN.

Non, grand-papa, ze l'ai pas faite.

MONSIEUR THOMASSU.

Eh ben! faites-la, je ſuis loin de m'y oppoſer.

ADRIEN.

Ze ſais pas la faire tout ſeul.

MONSIEUR THOMASSU.

Comment! vous ne ſavez pas?

ADRIEN.

Non, grand-papa.

MONSIEUR THOMASSU.

Vous ne la faites donc jamais?

ADRIEN.

On me la fait faire, c'eſt zamais moi ti tommence.

MONSIEUR THOMASSU.

Encore des gieries!

ADRIEN.

Non, grand-papa, t'aſſure, c'eſt pas des zieries.

MONSIEUR THOMASSU.

Vous m'ennuyez!

ADRIEN.

Fais-moi-la faire, grand-papa, t'en prie, fais-moi-la faire.

MONSIEUR THOMASSU.

Une véritable inquiſition, Dieu me pardonne !

ADRIEN.

T'en prie !

MONSIEUR THOMASSU.

C'eſt la dernière fois, je vous en préviens, que j'accepte la miſſion de vous coucher !

ADRIEN.

Oui, grand-papa, tommence.

MONSIEUR THOMASSU.

Ça n'a pas de nom.

ADRIEN.

Tommence.

MONSIEUR THOMASSU.

Si on le ſavait, je n'oſerais plus me montrer. — Au nom du Père...

ADRIEN.

Du Fils, Saint-Sprit, s't'il !

MONSIEUR THOMASSU.

Au nom du Père...

ADRIEN.

Ze l'ai dit.

MONSIEUR THOMASSU.

Au nom du Fils, du Saint-Esprit, ainsi soit-il.

ADRIEN.

Saint-Sprit, s't'il.

MONSIEUR THOMASSU.

Au nom du Père...

ADRIEN.

Du Père...

MONSIEUR THOMASSU.

Au nom du Père...

ADRIEN.

Fils, Sprit, s't'il.

MONSIEUR THOMASSU.

Ainsi soit-il.

ADRIEN.

Sprit, s't'il.

MONSIEUR THOMASSU.

Si c'est ainsi que vous faites vos prières,

je vous en félicite, c'eſt un joli méli-mélo.

ADRIEN.

Ze les ai touzours dites comme ça.

MONSIEUR THOMASSU.

Auſſi trouvé-je cette méthode fort jolie.

ADRIEN.

Après, grand-papa, après ?

MONSIEUR THOMASSU.

Mon Dieu, conſervez la ſanté...

ADRIEN.

A tit papa Lulu, tite maman Lulu, gr... grand-papa Bois-bois...

MONSIEUR THOMASSU.

Dubois, ſi vous voulez bien le permettre.

ADRIEN.

Grand-papa Bois-bois...

MONSIEUR THOMASSU.

Vous le voulez ?

ADRIEN.

Oui, grand-papa.

MONSIEUR THOMASSU.

Allez votre train.

ADRIEN.

Grand'maman Bois-bois... grand'maman Bois-bois...

MONSIEUR THOMASSU.

Après ?

ADRIEN.

Grand'maman Bois-bois...

MONSIEUR THOMASSU.

Après, après ? N'avez-vous plus perſonne à la ſanté de qui vous vous intéreſſez ?

ADRIEN.

Si, grand-papa.

MONSIEUR THOMASSU.

Eh bien ! voyons, que je l'entende.

ADRIEN.

Grand-papa Couvercelle.

MONSIEUR THOMASSU.

Couverchel.

ADRIEN.

Couvrecelle.

MONSIEUR THOMASSU.

Couverchel ! Je ſais bien mon nom, quand le diable y ſerait !

ADRIEN.

Non, grand-papa.

MONSIEUR THOMASSU.

Comment ! non ?

ADRIEN.

Non, grand-papa !

MONSIEUR THOMASSU.

Je ſais bien qu'avec vous je n'aurai jamais le dernier. Continuons.

ADRIEN.

Qui êtes dans les cieux, ma tite ſienne Mimire.

MONSIEUR THOMASSU.

Pardon, ſi je vous interromps. Quel eſt,

s'il vous plaît, ce nouveau perſonnage que vous introduiſez dans la famille ?

ADRIEN.

Tu l'as pas entendu ?

MONSIEUR THOMASSU.

Si fait, mais je n'ai pas compris.

ADRIEN.

Tu connais pas Mimire ?

MONSIEUR THOMASSU.

C'eſt la première fois que j'en entends parler.

ADRIEN.

Ma tite ſienne !

MONSIEUR THOMASSU.

Quelle petite chienne ?

ADRIEN.

Ma tite ſienne Mimire !

MONSIEUR THOMASSU.

Tant que vous voudrez ; & depuis quand,

s'il vous plaît, la comptons-nous au nombre de nos membres ?

ADRIEN.

Depuis touzours.

MONSIEUR THOMASSU.

Ah çà ! plaiſantez-vous ?

ADRIEN.

Non, grand-papa.

MONSIEUR THOMASSU.

Et qui encore avez-vous à recommander ?

ADRIEN.

Zulie, tu ſais, ma bonne.

MONSIEUR THOMASSU.

Celle-ci, je veux bien l'admettre, d'autant que le ſentiment qui vous guide eſt fort louable ; mais une chienne ! J'avoue que c'eſt de la dernière inconvenance. — Dites-moi ?

ADRIEN.

Plaît-y, grand-papa ?

MONSIEUR THOMASSU.

Avez-vous jamais fait votre prière devant madame votre mère ?

ADRIEN.

Oui, grand-papa.

MONSIEUR THOMASSU.

Telle que vous venez de la dire ?

ADRIEN.

Oui, grand-papa.

MONSIEUR THOMASSU.

Et n'a-t-elle fait aucune remarque, aucune obſervation ?

ADRIEN.

Non, grand-papa.

MONSIEUR THOMASSU.

Très-bien. — Et votre petite ſœur, cette bonne petite sœur ſi excellente pour vous... pour tout le monde ?

ADRIEN.

Napoline ?

MONSIEUR THOMASSU.

Oui, il me ſemble que vous l'oubliez ?

ADRIEN.

Mon Dieu, conſervez la ſanté à ma tite ſœur Napoline.

MONSIEUR THOMASSU.

Ainsi...

ADRIEN.

S't'il.

MONSIEUR THOMASSU.

Mon Dieu, faites-moi la grâce...

ADRIEN.

D'êt' bien chaze.

MONSIEUR THOMASSU.

Bien ſage.

ADRIEN.

Bien chaze.

MONSIEUR THOMASSU.

Bien ſage.

ADRIEN.

Peux pas.

MONSIEUR THOMASSU.

Et bien raiſonnable. — Au nom du Père...

ADRIEN.

Fils, Sprit, s't'il !

MONSIEUR THOMASSU.

Je vous fais mon compliment, & bien ſincère... Certes, vos prières méritent d'être exaucées; elles ſont pleines d'onction; c'eſt charmant !

ADRIEN.

Grand-papa !

MONSIEUR THOMASSU.

Plaît-il ?

ADRIEN.

Ta prière, à toi ?...

MONSIEUR THOMASSU.

Eh bien ?

ADRIEN.

C'eſt-y la même sauze ?

MONSIEUR THOMASSU.

Si c'eſt la même choſe ?

ADRIEN.

Oui, grand-papa.

MONSIEUR THOMASSU.

Pas précifément.

ADRIEN.

Fais-la, t'en prie, te ze voye.

MONSIEUR THOMASSU.

Je ne la fais jamais devant le monde.

ADRIEN.

Pourtoi, grand-papa, pourtoi ?

MONSIEUR THOMASSU.

Parce que j'ai befoin de recueillement.

ADRIEN.

T'en prie.

MONSIEUR THOMASSU.

Vous m'ennuyez. — Je crois qu'à préfent il eft grand temps de dormir.

ADRIEN.

Ze vais dormir. — Et toi, grand-papa, toi tu vas faire ?

MONSIEUR THOMASSU.

Cela ne vous regarde pas.

ADRIEN.

T'en prie.

MONSIEUR THOMASSU.

Non, vous dis-je, eſt-ce aſſez clair ? Ce qui ne m'empêche, en paſſant, de vous faire obſerver que vous n'avez tenu une ſeule de vos promeſſes.

ADRIEN.

Si, grand-papa, ze te demande pardon.

MONSIEUR THOMASSU.

Je gage que vous ne vous rappelez plus ce que vous m'avez promis ?

ADRIEN.

Ze t'ai promis d'êt' b'en chaze & bien raiſonnable.

MONSIEUR THOMASSU.

Puis après ?

ADRIEN.

Puis après ?

MONSIEUR THOMASSU.

Oui, cherchez...

ADRIEN.

Sais plus.

MONSIEUR THOMASSU.

Qu'aussitôt au lit vous feriez tous vos efforts pour dormir; l'avez-vous essayé ?

ADRIEN.

Oui, grand-papa.

MONSIEUR THOMASSU.

Vous ne dites pas la vérité.

ADRIEN.

T'assure.

MONSIEUR THOMASSU.

Vous avez beau m'assurer, je n'y crois pas, à la sincérité de vos paroles.

ADRIEN.

Et toi, grand-papa, te vas-t'y tu pas aussi te tousser ?

MONSIEUR THOMASSU.

Je ne puis y aller, monſieur votre père & madame votre mère n'étant point rentrés.

ADRIEN.

Ni Zulie. — Alle eſt allée cé ſa touſine, ma bonne ; la connais-t'y tu pas, grand-papa, ſa touſine, à Zulie ?

MONSIEUR THOMASSU.

Je n'ai point cet honneur. — Et quand, décidément, comptez-vous dormir ?

ADRIEN.

Grand-pàpa, peux pas.

MONSIEUR THOMASSU.

Comment, vous ne pouvez pas ?

ADRIEN.

Non, grand-papa.

MONSIEUR THOMASSU.

Dites plutôt que vous ne le voulez pas.

ADRIEN.

T'aſſure.

MONSIEUR THOMASSU.

Rien ne réſiſte à l'homme quand il le veut bien.

ADRIEN.

Mais, grand-papa, ze ſuis pas un homme, ze ſuis n'un petit garçon !

MONSIEUR THOMASSU.

Ta, ta, ta, ta ! — Je dois, au ſurplus, vous prévenir d'une choſe : ſi, au lieu de dormir, vous continuez à jaboter comme vous le faites, non-ſeulement je vous abandonne, mais, qui plus eſt, je vous laiſſe ſans lumière... Vous entendez ?

ADRIEN.

Ze le dirai à maman Lulu.

MONSIEUR THOMASSU.

C'eſt préciſément la recommandation qu'elle m'a faite en partant.

ADRIEN.

T'eſt pas vrai !

MONSIEUR THOMASSU.

Comment ?... Voulez-vous me faire le

plaiſir, s'il vous plaît, de répéter ce que vous venez de dire.

ADRIEN.

Grand-papa...

MONSIEUR THOMASSU.

Eh bien ?

ADRIEN.

Te demande pardon.

MONSIEUR THOMASSU.

C'eſt, ſi je ne me trompe, un démenti, & des plus prononcés, que vous venez de me donner ?

ADRIEN.

Non, grand-papa.

MONSIEUR THOMASSU.

Jamais, de ſa vie, monſieur votre père ne ſe fût permis une telle incartade ! Et ſi pareille choſe arrivait encore, je vous infligerais une correction comme jamais, je penſe, petit garçon n'en a reçu.

ADRIEN.

Te demande bien pardon de t'avoir offensé.

MONSIEUR THOMASSU.

Je veux bien, une dernière fois encore, vous l'accorder en faveur du motif; mais n'y revenez pas, je ferais inflexible; je vous en prie, n'y revenez pas.

ADRIEN.

Zamais, zamais, zamais, grand-papa, ze te le promets.

MONSIEUR THOMASSU.

Je veux bien le croire.

ADRIEN.

Touzours ze t'obéirai.

MONSIEUR THOMASSU.

J'en accepte l'augure.

ADRIEN.

Pasce que t'aime bien, moi, grand-papa; & toi, tu m'aimes-t'y tu bien auffi, dis?

MONSIEUR THOMASSU.

Je crois, fans reproche, vous en avoir affez donné de preuves, encore à préfent :

croyez-vous, par exemple, que je ne ſerais pas mieux, cent fois, chez moi qu'auprès de vous, à eſſuyer, depuis deux heures, tous vos caprices & vos impertinences.

ADRIEN.

Grand-papa, tu as dit te tu me pardonnais.

MONSIEUR THOMASSU.

Oui, je l'ai dit & ne m'en dédis pas; mon intention n'eſt point, non plus, d'y revenir; je vous devais, néanmoins, cette explication.

ADRIEN.

Paſce que Zulie eſt ſortie, grand-papa, te tu me gardes? paſce qu'alle eſt ſortie?

MONSIEUR THOMASSU.

Je ſuis loin de lui en faire un reproche, à la pauvre fille; elle uſe d'un privilége qui lui a été accordé, je trouve qu'elle a parfaitement raiſon; mais, de mon côté, je me permettrai de trouver que ces permiſſions deviennent bien fréquentes, & que les jours où monſieur votre père & madame votre mère paſſent les ſoirées dehors, ils pourraient bien dire à leur bonne de rester à la maison & ne pas me laisser la garde de votre personne.

ADRIEN.

Papa Lulu voulait pas ; c'est tite maman Lulu qui l'a dit.

MONSIEUR THOMASSU.

De sa part, ça ne m'étonne pas.

ADRIEN.

Alle a voulu que Zulie sorte la même sauze, te tu me toucherais.

MONSIEUR THOMASSU.

Que je vous coucherais ?

ADRIEN.

Oui, grand-papa, te ça te ferait plaisir.

MONSIEUR THOMASSU.

Je lui en fais un gré infini, à madame votre mère ; au reste, elle ne s'est jamais beaucoup gênée avec moi, c'est une justice que je me plais à lui rendre ; il y a longtemps qu'elle m'a habitué à sa manière d'être à mon égard; j'ai, toutefois, encore de la peine à m'y faire.

ADRIEN.

Y ſont allés au peſtaque, pas vrai, grand-papa ?

MONSIEUR THOMASSU.

Ça pourrait bien être, je n'en ſais rien : depuis tantôt trois ſemaines, c'eſt tout au plus ſi l'on a daigné m'adreſſer la parole.

ADRIEN.

Y z'ont dit à Zulie : Nous allons au peſtaque. Zulie a dit : Ze veux bien, mais monſieur Couvrecelle...

MONSIEUR THOMASSU.

Couverchel.

ADRIEN.

Monſieur Couvrecelle... Et tite maman a dit : Vous intiétez pas de lui, y gardera le petit, ça lui fera faire quet' ſauze.

MONSIEUR THOMASSU.

Elle a dit cela ?

ADRIEN.

Oui, grand-papa. — Grand-papa !

MONSIEUR THOMASSU.

Eh bien ?

ADRIEN.

L'aimes-t'y-tu, tite maman Lulu ?

MONSIEUR THOMASSU.

Certainement.

ADRIEN.

Bien vrai, bien vrai ?

MONSIEUR THOMASSU.

Quand je vous le dis; mais pourquoi cette queſtion ?

ADRIEN.

Tu l'embraſſes zamais.

MONSIEUR THOMASSU.

Je ne ſuis pas démonſtratif.

ADRIEN.

Mais, tit papa Lulu, tu l'embraſſes.

MONSIEUR THOMASSU.

C'eſt autre choſe.

ADRIEN.

Paſce que papa Lulu, c'eſt ton garçon, & que maman Lulu elle eſt pas ta fille !

MONSIEUR THOMASSU.

Qui vous a dit ça ?

ADRIEN.

Ma bonne.

MONSIEUR THOMASSU.

Elle eſt ma belle-fille, madame votre mère, ma bru, ſi vous l'aimez mieux.

ADRIEN.

Grand-papa, pourtoi, tand nous avons du monde, tu viens zamais, zamais dîner, dis ?

MONSIEUR THOMASSU.

Parce qu'en général je n'aime pas la ſociété.

ADRIEN.

Tu l'aimes pas la ſociété ?

MONSIEUR THOMASSU.

Je préfère rester dans mon coin.

ADRIEN.

Dans ton vieux toin.

MONSIEUR THOMASSU.

Comment, dans mon vieux coin ? Qui vous l'a dit que je l'aimais, mon vieux coin ?

ADRIEN.

On me l'a pas dit.

MONSIEUR THOMASSU.

D'où le savez-vous ?

ADRIEN.

Maman Lulu, qui l'a dit.

MONSIEUR THOMASSU.

Très-bien.

ADRIEN.

Ma bonne aussi.

MONSIEUR THOMASSU.

Naturellement... Et votre papa ?

ADRIEN.

Papa Lulu ?

MONSIEUR THOMASSU.

Oui.

ADRIEN.

Zamais. — C'eſt à moſieu Borel que maman Lulu l'a dit ; tu ſais bien, moſieu Borel ?

MONSIEUR THOMASSU.

Qui déjà, monſieur Borel ?

ADRIEN.

Tu connais pas moſieu Borel ?

MONSIEUR THOMASSU.

Je n'ai pas cet honneur.

ADRIEN.

Moſieu Borel !

MONSIEUR THOMASSU.

Tant que vous voudrez, je ne le connais pas.

ADRIEN.

Mais, grand-papa, moſieu Borel...

MONSIEUR THOMASSU.

Eh bien ?

ADRIEN.

C'eſt le moſieu...

MONSIEUR THOMASSU.

Quel monſieur ?

ADRIEN.

Qui fume à table.

MONSIEUR THOMASSU.

Comment, qui fume à table ?

ADRIEN.

Oui, grand-papa.

MONSIEUR THOMASSU.

Ce monſieur ſerait donc la ſeconde perſonne qui ſe permettrait ces privautés-là ?

ADRIEN.

Ze ſais pas.

MONSIEUR THOMASSU.

Je ne vois guère, dans leurs connaiſſances, que monſieur Auguſte qui ſoit homme à le faire.

ADRIEN.

Mais, grand-papa, moſieu Auguſte...

MONSIEUR THOMASSU.

Eh bien?

ADRIEN.

Moſieu Auguſte...

MONSIEUR THOMASSU.

J'entends parfaitement.

ADRIEN.

C'eſt moſieu Borel.

MONSIEUR THOMASSU.

Vous m'en direz tant... Ah! c'eſt là monſieur Borel?

ADRIEN.

Oui, grand-papa.

MONSIEUR THOMASSU.

Dors.

ADRIEN.

Oui, grand-papa... Ze dors... pour te faire plaiſir.

MONSIEUR THOMASSU.

Oui, c'eſt cela.

(*Silence de quelques inſtants.*)

ADRIEN.

Grand-papa !

MONSIEUR THOMASSU.

Eh bien ?

ADRIEN.

T'aime beaucoup, beaucoup, beaucoup !

MONSIEUR THOMASSU.

Moi auſſi.

ADRIEN.

Tu veux-t'y-tu m'embraſſer ?.

MONSIEUR THOMASSU.

Avec plaiſir.

ADRIEN.

Grand-papa !

MONSIEUR THOMASSU.

Plaît-il ? — Que veux-tu ?

ADRIEN.

Tu pleures.

MONSIEUR THOMASSU.

Tu crois?

ADRIEN.

Oui, grand-papa, tu as pleuré. — Pourtoi tu as-t'y pleuré?

MONSIEUR THOMASSU.

C'eſt de plaiſir.

ADRIEN.

De plaiſir?

MONSIEUR THOMASSU.

Oui, de te voir ſi ſage & ſi raiſonnable.

ADRIEN.

Paſce que ze ſuis bien chaze?

MONSIEUR THOMASSU.

Oui. — A préſent, dors, mon bon petit homme, dors.

ADRIEN.

Ze dors.

MONSIEUR THOMASSU.

C'eſt cela.

ADRIEN.

Pour te faire plaiſir.

MONSIEUR THOMASSU.

Je t'en remercie.

(*Silence de quelques inſtants.*)

ADRIEN.

Grand-papa !

MONSIEUR THOMASSU.

Tu ne dors point encore ?

ADRIEN.

Peux pas.

MONSIEUR THOMASSU.

Franchement, j'ai bien cru que tu dormais.

ADRIEN.

Non, grand-papa.

MONSIEUR THOMASSU.

Parce que tu as de la lumière.

ADRIEN.

Non, grand-papa, c'eſt pas ça; c'eſt paſce que...

MONSIEUR THOMASSU.

Parce que tu ne veux pas.

ADRIEN.

Non, grand-papa, t'aſſure. — Grand-papa, tu ſais pas?

MONSIEUR THOMASSU.

Non, qu'y a-t-il encore?

ADRIEN.

A l'école, il y a un petit garçon...

MONSIEUR THOMASSU.

Que fait-il, ce petit garçon?

ADRIEN.

Y fait rien.

MONSIEUR THOMASSU.

C'eſt donc un pareſſeux?

ADRIEN.

Non, grand-papa.

MONSIEUR THOMASSU.

Qu'eſt-ce donc alors... un de tes camarades ?

ADRIEN.

C'eſt pas n'un camarade.

MONSIEUR THOMASSU.

Que font ſes parents ? à qui appartient-il ? d'où eſt-ce qu'il ſort ?

ADRIEN.

Y ſort pas. Son papa il eſt menuiſier.

MONSIEUR THOMASSU.

Il n'y a pas de mal à ça.

ADRIEN.

Tu ſais, grand-papa, un menuiſier... qui rabote des plances ?

MONSIEUR THOMASSU.

Parfaitement.

ADRIEN.

Maman Lulu a m'a défendu d'y parler.

MONSIEUR THOMASSU.

Parce que ?

ADRIEN.

Pasce que c'est un polisson des rues, & qu'a veut pas que z'y aille, avec les polissons des rues... & les petits aux menuisiers ce sont tous des polissons. — Sais-tu comment qui s'appelle, son papa ?

MONSIEUR THOMASSU.

A madame votre mère ?

ADRIEN.

Non, à son fils au menuisier ?

MONSIEUR THOMASSU.

Cela m'est absolument égal.

ADRIEN.

Y s'appelle mosieu Tudot.

MONSIEUR THOMASSU.

Monsieur Tudot ?

ADRIEN.

Non, moſieu Tudot.

MONSIEUR THOMASSU.

Comment ?

ADRIEN.

Moſieu Tudot !

MONSIEUR THOMASSU.

Ah ! monſieur Cudot ?

ADRIEN.

Oui.

MONSIEUR THOMASSU.

J'ai connu un monſieur Cudot.

ADRIEN.

Il était-t'y menuiſier ?

MONSIEUR THOMASSU.

Du tout, un ancien receveur de rentes, le mien, un excellent & digne homme ; il y a longtemps qu'il eſt mort.

ADRIEN.

C'eſt pas ſon papa.

MONSIEUR THOMASSU.

Je le crois.

ADRIEN.

Tu ſais pas, ce petit garçon, y zure.

MONSIEUR THOMASSU.

Comment, il jure ?

ADRIEN.

Oui, grand-papa.

MONSIEUR THOMASSU.

Et on ne le met pas à la porte ?

ADRIEN.

Non, grand-papa ; & y zure, mais beaucoup, beaucoup, beaucoup !

MONSIEUR THOMASSU.

C'eſt une très-mauvaiſe connaiſſance, une peſte, que ce petit monſieur-là !

ADRIEN.

Oui, grand-papa. Y dit bigre.

MONSIEUR THOMASSU.

Ah ! oui-da !

ADRIEN.

Bigre ! -- Bigre de cien, grand-papa ! -- Dis donc ?

MONSIEUR THOMASSU.

Plaît-il ?

ADRIEN.

Bigre, c'eſt-y un gros zurement ?

MONSIEUR THOMASSU.

Pas préciſément, mais toujours une locution des plus vicieuſes et des plus communes, un mot trivial, qui généralement n'eſt employé que par des gens mal élevés ou ſans aucune eſpèce d'éducation.

ADRIEN.

Des ſarretiers ?

MONSIEUR THOMASSU.

Des charretiers, ſi vous voulez.

ADRIEN.

Et des poliſſons des rues ?

MONSIEUR THOMASSU.

Encore.

ADRIEN.

Moi, grand-papa, z'ai zamais zuré.

MONSIEUR THOMASSU.

Je l'espère bien.

ADRIEN.

Tu as zamais zuré non plus, toi, grand-papa, pas vrai, tu l'as zamais zuré?

MONSIEUR THOMASSU.

S'il m'est arrivé d'avoir ce malheur-là, ç'a eu lieu bien rarement, & encore aurait-il fallu des circonstances tout exceptionnelles.

ADRIEN.

Tu sais pas?

MONSIEUR THOMASSU.

Non.

ADRIEN.

Tit papa Lulu...

MONSIEUR THOMASSU.

Eh bien?

ADRIEN.

Tu le diras pas?

MONSIEUR THOMASSU.

Ai-je l'habitude de rapporter ce que l'on me confie ?

ADRIEN.

Non, grand-papa; eh ben, tit papa Lulu... y zure.

MONSIEUR THOMASSU.

Monſieur votre père ?

ADRIEN.

Oui !... ze l'ai entendu zurer.

MONSIEUR THOMASSU.

Cela m'étonne.

ADRIEN.

Oui, grand-papa. — Un zour, après ſon tailleur. Il a dit à maman Lulu : Y viendra donc pas, ce ſatré tailleur? Il l'a dit.

MONSIEUR THOMASSU.

Il faut qu'il ait été pouſſé à bout.

ADRIEN.

Ton ſatré tailleur !

MONSIEUR THOMASSU.

Vous en êtes bien sûr ?

ADRIEN.

Bien sûr, oui, grand-papa, bien sûr ! C'est bigre de cien qui dit, le petit garçon au menuisier; bigre de cien !

MONSIEUR THOMASSU.

Vous ne le dites pas...

ADRIEN.

Ze l'ai zamais dit.

MONSIEUR THOMASSU.

Laissez-moi finir... Vous ne le dites pas à votre maître ?

ADRIEN.

A mosieu Begat ?

MONSIEUR THOMASSU.

Oui.

ADRIEN.

Zamais z'aurais osé.

MONSIEUR THOMASSU.

Vous avez tort.

ADRIEN.

Pafce que ça ferait caponner. Y diraient que ze fuis un capon. — Mais, grand-papa !

MONSIEUR THOMASSU.

Après ?

ADRIEN.

Quand on dit : Satré bigre ! & qu'on l'eft pas en colère, c'eft-y offenfer le bon Dieu ?

MONSIEUR THOMASSU.

Tous les jurements, en général, voire même les gros mots, n'ont jamais fait plaifir à perfonne ; il y a d'autres moyens pour faire fa cour aux gens, & ceux chez lefquels cette mauvaife habitude eft enracinée, non-feulement ne font point admis dans la bonne fociété, mais ne feront jamais invités nulle part.

ADRIEN.

Le petit garçon à mofieu Tudot...

MONSIEUR THOMASSU.

Qu'a-t-il fait encore ?

ADRIEN.

Il a dit mâtin.

MONSIEUR THOMASSU.

Cela ne m'étonne pas.

ADRIEN.

Mâtin !... Comme c'eſt vilain !

MONSIEUR THOMASSU.

C'eſt effectivement très-laid !

ADRIEN.

Satré mâtin, c'eſt encore bien plus vilain ! C'eſt-y un grand zuron, dis, grand-papa, ſatré mâtin ?

MONSIEUR THOMASSU.

Un des plus forts, certainement, dans toute l'acception du mot.

ADRIEN.

Grand-papa !

MONSIEUR THOMASSU.

Eh bien ?

ADRIEN.

Tu te ſouviens pas ?

MONSIEUR THOMASSU.

Non, de quoi ?

ADRIEN.

Tu l'as dit, ſatré mâtin.

MONSIEUR THOMASSU.

Je ne me le rappelle pas.

ADRIEN.

Cez moſieu Macquieu.

MONSIEUR THOMASSU.

Chez monſieur Mathieu ?

ADRIEN.

Tu ſais bien, à la campagne ?

MONSIEUR THOMASSU.

A l'Ile-Adam ?

ADRIEN.

Avec tite maman Lulu, tit papa Lulu & ma tite ſœur.

MONSIEUR THOMASSU.

A quelle occaſion?

ADRIEN.

A telle ottaſion?

MONSIEUR THOMASSU.

Oui, à quelle occaſion?

ADRIEN.

A l'ottaſion de ſon cien, à moſieu Macquieu.

MONSIEUR THOMASSU.

De ſon chien?

ADRIEN.

Oui, grand-papa... Brillant, tu te ſouviens-t'y plus de Brillant?

MONSIEUR THOMASSU.

Pas beaucoup.

ADRIEN.

Tu as dit qu'il était un mâtin, tu t'en ſouviens pas?

MONSIEUR THOMASSU.

Si fait, à préſent.

ADRIEN.

Tu as pas dit ſatré mâtin; tu as dit mâtin.

MONSIEUR THOMASSU.

Mâtin tout court?

ADRIEN.

Oui.

MONSIEUR THOMASSU.

Je me rappelle très-bien, comme ſi c'était hier, avoir dit qu'il était mâtiné, ce chien; mais de la façon dont je l'ai dit, ce n'était pas jurer. On dit d'un chien qui n'eſt pas de race : il eſt mâtiné; or, le chien de monſieur Mathieu était dans ces conditions; de là à jurer il y a tout un abîme.

ADRIEN.

Alors, ze peux-t'y dire mâtin?

MONSIEUR THOMASSU.

Pas du tout, gardez-vous-en bien!

ADRIEN.

Si ze le dis pas n'en colère?

MONSIEUR THOMASSU.

C'eſt toujours jurer, & je n'en vois pas la néceſſité. Je ne vous en fais point un crime, mais vous êtes trop jeune pour pouvoir apprécier toute la valeur de mon obſervation.

ADRIEN.

Grand-papa!

MONSIEUR THOMASSU.

Eh bien?

ADRIEN.

Mimire, c'eſt une tite mâtine?

MONSIEUR THOMASSU.

Du tout, du tout, Zémire eſt de race, & de la plus pure; mais j'oubliais de vous dire que ſi les grandes perſonnes peuvent ſe ſervir de telle ou telle locution, c'eſt toujours avec beaucoup de ménagement; quant aux enfants, ils ne doivent l'employer ſous aucun prétexte. Vous m'entendez?

ADRIEN.

Oui, grand-papa; y faut pas dire, quand on parle d'un moſieu, c'eſt un mâtin ?

MONSIEUR THOMASSU.

Jamais, au grand jamais !

ADRIEN.

Grand-papa, tu ſais bien, ce moſieu...

MONSIEUR THOMASSU.

Quel monſieur ?

ADRIEN.

Qui ſante des bêtiſes...

MONSIEUR THOMASSU.

Qui chante des bêtiſes ?

ADRIEN.

Oui, avec maman Lulu.

MONSIEUR THOMASSU.

Je ne ſais ce que tu veux dire.

ADRIEN.

Qu'eſt tout rouze.

MONSIEUR THOMASSU.

Comment, qui eſt tout rouge ?

ADRIEN.

Oui, grand-papa.

MONSIEUR THOMASSU.

Tu veux dire monté en couleur ?

ADRIEN.

Oui, grand-papa, moſieu Garaud, tu te ſouviens pas, moſieu Garaud, qui boite ?

MONSIEUR THOMASSU.

Parfaitement.

ADRIEN.

Que Zulie appelle moſieu Poſſard ?

MONSIEUR THOMASSU.

Très-bien, très-bien.

ADRIEN.

Eh bien, grand-papa Bois-bois, tu ſais bien, grand-papa Bois-bois ?

MONSIEUR THOMASSU.

Monſieur Dubois, très-bien, je l'ai rencontré hier au Palais-Royal.

ADRIEN.

Il a dit un zour, pendant qui ſantait avec maman Lulu, moſieu Garaud, il a dit, grand-papa Bois-bois...

MONSIEUR THOMASSU.

J'entends bien, ton grand-papa monſieur Dubois, au ſujet de monſieur Garaud...

ADRIEN.

Mon Dieu! que ce grand mâtin d'homme-là eſt donc drôle! Satré farceur! Ah! l'animal! Grand-papa Bois-bois...

MONSIEUR THOMASSU.

Dubois.

ADRIEN.

Il a dit toutes ces vilaines ſauzes-là!

MONSIEUR THOMASSU.

C'était pour plaiſanter.

ADRIEN.

Ah! oui, il était pas n'en colère.

MONSIEUR THOMASSU.

A ſon âge, il a cru devoir ſe le permettre.

ADRIEN.

C'eſt touzours vilain, pas vrai, grand-papa, devant ſon petit garçon?

MONSIEUR THOMASSU.

Ce qui eſt beaucoup plus vilain encore, c'eſt un petit garçon qui, depuis bientôt deux heures, devrait dormir, & qui n'a pas encore voulu le faire; voilà ce qui eſt odieux!

ADRIEN.

Ze t'ai dit que ze pouvais pas.

MONSIEUR THOMASSU.

On eſſaye.

ADRIEN.

Z'ai déjà eſſayé; ze le peux pas.

MONSIEUR THOMASSU.

On eſſaye encore, on eſſaye toujours!

(*Silence de quelques inſtants.*)

ADRIEN.

Grand-papa !

MONSIEUR THOMASSU.

Eh bien ! quoi ? qu'y a-t-il ?

ADRIEN.

Grand-papa !

MONSIEUR THOMASSU.

Qu'eſt-ce ?

ADRIEN.

Voudrais...

MONSIEUR THOMASSU.

Quoi ? que voulez-vous encore ?

ADRIEN.

Voudrais... voudrais deſcendre.

MONSIEUR THOMASSU.

Nous y voilà !

ADRIEN.

Voudrais deſcendre.

MONSIEUR THOMASSU.

Tout comme ſi vous chantiez.

ADRIEN.

Grand-papa, t'en prie !

MONSIEUR THOMASSU.

Pour peu que vous continuiez, je vous laiſſe tout ſeul.

ADRIEN.

Oh ! grand-papa ! grand-papa !

MONSIEUR THOMASSU.

Je ne vous entends plus.

ADRIEN.

Grand-papa !

MONSIEUR THOMASSU.

Turlututu !

ADRIEN, *plus preſſant.*

Oh ! comme ze vas êt' puni ! comme ze vas êt' puni ! — Oh ! grand-papa ! grand-papa ! ſi tu ſavais... T'en prie ! t'en prie !

MONSIEUR THOMASSU.

Allons, voyons, ſouffrez-vous vraiment ?

ADRIEN.

Grand-papa ! grand-papa !

MONSIEUR THOMASSU.

Eh ben, oui ! eh ben, oui ! — Eh ben ?

ADRIEN.

Grand-papa !

MONSIEUR THOMASSU.

Eh ben ! quoi ?

ADRIEN.

Grand-papa !

MONSIEUR THOMASSU.

Je ne vois rien venir.

ADRIEN.

Grand-papa...

MONSIEUR THOMASSU.

Vous vous êtes joué de moi.

ADRIEN.

Grand-papa... ze croyais...

MONSIEUR THOMASSU.

Il est impossible de pousser les choses plus loin que vous ne les avez poussées; voyons, rentrez dans votre lit, je vous laisse sans lumière, & je m'en vais chez moi; je ne veux décidément plus avoir aucun rapport avec vous; il y a de quoi, parole d'honneur, tourner en bourrique!

ADRIEN.

Grand-papa, tu me fais mal.

MONSIEUR THOMASSU.

Ça n'est pas vrai.

ADRIEN.

Si, grand-papa, tu me fais beaucoup du mal.

MONSIEUR THOMASSU.

Cela m'est parfaitement indifférent, d'autant qu'à présent je ne professe pour vous aucun attachement, aucune affection, plus la moindre, c'est fini, je vous déteste, je vous ai en horreur!

ADRIEN.

Moi aussi!

MONSIEUR THOMASSU.

Que venez-vous de dire ?... Que venez-vous de me faire l'honneur de me dire, s'il vous plaît ?

ADRIEN.

Z'ai dit...

MONSIEUR THOMASSU.

Quoi ?

ADRIEN.

Z'ai dit...

MONSIEUR THOMASSU.

Quoi donc, monſieur, quoi ? parlerez-vous, enfin ?

ADRIEN.

Grand-papa, pourtoi tu me remues comme ça ?

MONSIEUR THOMASSU.

Ayez donc une bonne fois le courage de votre opinion ! répétez-le-moi, ce que vous venez de dire.

ADRIEN.

Z'ai dit...

MONSIEUR THOMASSU.

Qu'avez-vous dit?

ADRIEN.

Que ze t'aimais pas non plus, & que tu l'étais un grand vilain, mauvais grand-papa.

MONSIEUR THOMASSU.

Tenez! tenez! poliſſon!

ADRIEN.

Te tout le monde te portait ſur ſes épaules.

MONSIEUR THOMASSU.

Vous allez avoir le fouet.

ADRIEN.

Non, ze l'aurai pas.

MONSIEUR THOMASSU.

Qu'eſt-ce à dire? de la rébellion! — Nous allons voir qui de nous deux l'emportera.

ADRIEN.

Non, ze ne l'aurai pas, le fouet.

MONSIEUR THOMASSU.

Vous l'aurez.

ADRIEN.

Veux-tu bien vite t'en aller dans ton vieux cez-toi, dans ton vieux toin !

MONSIEUR THOMASSU.

Tenez! tenez !

ADRIEN.

Ah ! maman! maman !

MONSIEUR THOMASSU.

Tenez! tenez ! Ah ! mauvais ſujet ! Tiens! tiens !

ADRIEN.

Grand vilain bigre de ſatré mâtin, de ſatré nom de Dieu de vieux grand-père, de vieux cocu de mon derrière !

(*Le grand-papa tombe dans ſa bergère, abattu & fondant en larmes.*)

FIN.

TABLE

PARIS — IMPRIMERIE DE J. CLAYE, RUE SAINT-BENOIT, 7

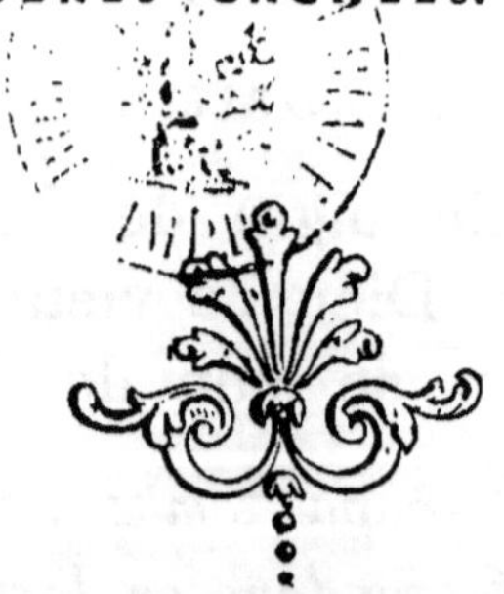

www.ingramcontent.com/pod-product-compliance
Lightning Source LLC
Chambersburg PA
CBHW071823020726
47502CB00004B/1212
* 9 7 8 2 0 1 4 4 6 9 9 2 9 *